글쓰기는 처음이라

처음이라 1

글쓰기는 처음이라

1판 1쇄 인쇄 2018년 3월 20일 | **1판 1쇄 발행** 2018년 3월 26일

지은이 안광국 | **그린이** 임지이

펴낸이 임중혁 | **펴낸곳** 빨간소금 | **등록** 2016년 11월 21일(제2016-000036호)

주소 (04044) 서울시 마포구 양화로8길 17-9, 2층 | **전화** 02-916-4038

패스 0505-320-4038 | **전자우편** jioim99@hanmail.net

ISBN 979-11-959638-7-4 03800

• 책값은 뒤표지에 있습니다.

글쓰기는 처음이라

안광국 글 | 임지이 그림

빨간소금

들어가는 말

무엇이 글쓰기를 가능하게 하는가

열 번 찍어 안 넘어가는 나무 없다고 하지만, 그게 말처럼 쉽지는 않다. 열 번 찍는 동안 지치는 사람도 많다. 또 여기저기 찍어대면 나무는 쓰러지지 않는다. 필요한 곳에 도끼질을 해야 한다. 글쓰기가 도끼질은 아니다. 하물며 글쓰기가 쓰러뜨려야 할 나무는 더욱 아니다. 글쓰기는 우리가 심고 가꾸고 즐겨야 할 나무이며, 나무 그늘이다. 그래서 사람들은 누구나 어려서부터 글쓰기를 가까이 하고 싶어 하며 그 안에서 즐거움을 누리고자 한다.

그럼에도 현실은 그렇지 않아 글쓰기 하면 왠지 꺼려지고 손과 마음이 절로 움츠러든다. 전문가들의 말처럼 마음 가는 대로 시작하고 싶지만, 막상 쓰려고 하면 멍하니 아무 생각이 안 난다. 그냥 창밖을 바라보며 텅 빈 명상의 마음이 되고 만다. 왜 그럴까? 딱히 시험 보기 위해 쓰는 글이 아닌데도 말이다.

이 책은 그런 사람들을 위한 책이다. 글쓰기에 들어서는 초심자들, 또 열심히 글쓰기에 덤벼들지만 어려움을 겪는 이들을 위해 썼다. 그를 위해 오랫동안 현장에서 학생들을 지도한 경험과 글쓴이 스스로 시행착오를 하며 얻은 결실을 담아 책을 엮었다. 글쓰기를 위한 마음가짐에서부터, 글쓰기와 관련한 다양한 조건을 살펴보았다. 즉, 글 쓰는 이와 글 읽는 이, 글쓰기의 대상과 글이란 무엇인지를 설명하고, 글쓰기에 꼭 필요한 안목을 어떻게 얻는지를 이야기했다. 이어서 글쓰기를 위해 배워야 할 것과 일상에서 실천하는 글쓰기가 왜 중요한지를 두루 이야기했다.

그러나 이 책은 이들 내용의 핵심을 간단명료하게 전달하는 데 주안점을 두었다. 또 되도록 많은 예화를 소개하고, 삽화를 곁들여 가독성을 높이고자 했다. 아울러 읽기 편하도록 편집하고, 책의 크기도 휴대하기 좋게 선택했다. 그래서 초심자들이 부담 없이 곁에 두고 읽을 수 있도록 했다.

글은 마치 과일이 익어가듯 내면의 충실함으로부터 절로 쓰인다. 이 책은 그와 같은 충실함이 어떻게 가능한지를 이야기한다. 아무쪼록 글쓰기를 좋아하고 하고 싶어 하는 사람들, 열심히 하지만 어려움을 겪는 사람들에게 도움이 되었으면 하는 마음 간절하다. 핵심만을 이야기했지만 곰곰이 되새기면 깊은 뜻을 음미할 수 있으리라 생각한다. 그런 점에서 이미 글쓰기에 익숙한 사람이라도 글쓰기에 대해 종합적으로 살피고자 할 때 도움이 될 것이다.

끝으로 이 책을 지금과 같은 모습으로 나오게 하느라 제일 수고를 많이 한 빨간소금 임중혁 대표를 비롯해 삽화를 그린

임지이 작가, 그리고 비록 작은 책이지만 원고를 읽고 검토하고 평을 해준 이임숙, 최용석, 정영주, 이황우 선생님께 감사드린다. 책을 펴내게 도와준 아내에게도 고마움을 전한다.

2018년 3월

안광국

차례

4부

글쓰기를 위해 배우고 익혀야 할 것들

5부

일상에서 꾸준히 글쓰기를 실천하자

1부

마음가짐이
필요해

글쓰기의 어려움은 우리 마음의 안과 밖 모두에서 온다. 이 어려움은 열정을 식게 하고, 우리를 글쓰기에서 멀어지게 한다. 처음에는 누구나 유혹에 이끌려 쉽게 글쓰기를 시작한다. 하지만 끝을 맺기는 쉽지 않다. 끝맺음을 위해서는 두려움에 굴복하지 않는 용기와 지속적인 열정이 필요하다.

글쓰기나 말하기나 모두 사람의 보편적인 능력에 바탕을 둔다. 다만 글은 소통 방식이 말과 다르다. 보이지 않는 독자를 향해 글을 쓰다 보면 말하기와 달리 많은 어려움이 생긴다. 그렇다고 글쓰기를 포기할 수는 없다. 글쓰기는 세상과 소통하는 아주 중요한 방식이기 때문이다. 우리는 글쓰기를 하며 자신과 이야기할 수도 있고, 시공간을 뛰어넘어 멀리 마음을 전할 수도 있다. 글쓰기를 위한 마음가짐을 이야기하는 까닭이다. 또한 글쓰기의 어려움을 이겨나가는 데에는 많은 시간과 노력이 필요하다. 그런 시간과 노력도 이를 뒷받침하는 마음가짐 없이는 결실을 맺을 수 없다.

보다 준비된 마음가짐을 바탕으로, 글을 쓰고 싶은 자신의 욕망과 실제 사이의 간격을 좁혀보자. 언제까지 글쓰기의 문턱을 넘지 못하고 서성거릴 수만은 없지 않은가.

방 청소도 하고, 강아지 산책도 시키고,
십팔 색 색연필도 깎고, 엄마 흰머리도 뽑아주고….
이제 글만 쓰면 된다, 글만.

1장

용기, 글쓰기의 문을 여는 힘

결국 글쓰기는 당신 안에 존재하는
가장 귀중한 영역을 여는 영혼의 열쇠와 같은 것이다.
— 셰퍼드 코미나스

두려움에 도전하자

용기는 문을 연다. 이것이 바로 용기가 주는 가장 놀라운 혜택이다. 두려움과 의심을 떨쳐 버리려면 용기를 가져야 한다고 리더십 전문가 존 맥스웰은 충고한다. 그는 30년 동안 이스턴 항공사를 훌륭하게 경영한 뒤 73세에 은퇴한 에디 리켄베커를 용기 있는 사람으로 꼽는다. 리켄베커는 12세 때 아버지가 돌아가시자 가족의 생계를 위해 학교를 그만두고 신문과 달걀 팔이, 주물공장 노동자로 일했다. 그러나 그는 시련에 굴복하지 않았다. 십 대 후반에는 경주용 자동차 정비사가 되었고, 22세에는 자동차 경주에 뛰어들어 2년 뒤 세계신기록을 세웠다. 1차 세계대전 때는 자원입대해 미국 최고의 전투기 조종사로 활약했다. 그 뒤 이스턴 항공사 부사장이 되어 미국 역사상 최초로 흑자 항공 회사를 탄생시켰다. 리켄베커의 삶은 용기가 그에게 어떤 문을 열어주었는지를 잘 보여준다. 그는 새로운 일에 끊임없이 도전하며 삶을 개척했다.

에디 리켄베커는 "용기란 두려워하는 것을 하는 것"이라고 말한다. 아무런 두려움이 없다면 용기가 아니다. 글쓰기에 필요한 마음가짐 가운데 하나는 이와 같은 용기다. 글쓰기는 누구나 할 수 있고 해야 하지만, 많은 사람이 글쓰기를 두려워한다. 이런 두려움을 이겨내지 못한다면 결코 글쓰기에서 성공할 수 없다.

미국의 심리학자 롤로 메이는 인간은 누구든지 자신의 잠재적 능력을 완수하는 가장 중요한 목표를 하나씩 갖고 있다고 한다. 어린 참나무는 자라서 참나무가 되고 강아지는 커서 개가 되면 그만이지만, 인간은 그렇지 않다는 것이다. 다시 말해 자신의 잠재성을 실현하는 것이 바로 성장이며, 잠재성 실현이 왜곡될 때 인간은 올바르게 성장하지 못한다고 한다. 그런 점에서 글쓰기는 우리 자신을 키우는 행위라고 할 수 있다. 우리는 내면 세계를 글로 표현함으로써 자기 발전을 이룩하고, 글로 타인과 소통함으로써 삶을 더욱 의미 있게 만든다. 이처럼 글쓰기에는 쓰기 이상의 의미가 담겨 있다. 그러므로 글을 쓰려고 하면서도 머뭇거리는 사람은 용기를 갖고 과감하게 앞으로 나아가야 한다.

자신을 솔직하게 드러내자

글은 활자로 고정돼 있어서 말보다 훨씬 오래 남고 멀리 퍼진다. 게다가 말보다 다루기 힘든 까다로운 매체여서 아무리 고치고 다듬어도 결함이 드러난다. 글에 대한 평가도 글쓴이가 고스란히 감당해야 한다. 글 다루는 솜씨가 서툰 사람일수록 더 많은 비판적인 평가에 직면한다. 그래서 몇 차례 좋지 않은 평가를 받다보면, 아무리 굳게 마음먹은 사람이라도 이내 글쓰기에서 멀어진다. 그러나 이런 어려움을 이겨내지 못하면 원하는 글쓰기로 나아갈 수 없다. 용기를 내 솔직하게 자신을 드러내야 한다. 비판이 두려워 거짓으로 글을 써서는 안 된다.

오랫동안 아이들의 글쓰기 지도에 헌신한 이오덕 선생은 자기 삶을 솔직하게 글로 쓸 때 아이들은 즐거움을 느낀다고 한다. 억지로 쓰거나 남의 글을 흉내 낼 때 고통스러워한단다. 이는 아이들에게만 해당하지 않는다. 누구나 자신을 솔직하게 표현할 때 즐거움을 느낀다. 그러므로 글이 평가의 대상이 된다고 해서 자신을 솔직하게 드러내는 일에서 물러서서는 안 된다. 자신이 드러나고 평가 받는 과정에서 상처를 받을 수는 있겠지만, 그런 과정을 거쳐야 글쓰기는 비로소 발전한다.

글쓰기는 문자를 매개로 한 소통 행위다. 물론 일기처럼 자기 혼자만을 위한 글쓰기도 있다. 그런 경우를 제외하면 우리는 읽는 사람과 소통하기 위해 글을 쓴다. 그러므로 비록 글쓰기가 자신의 실체를 드러내는 일이라 하더라도 과감하게 글쓰기에 나서야 한다. 그렇지 않으면 글쓰기는 혼자만의 웅얼거림이 되어 소통의 세계에서 외면 받는다.

용기는 우리 자신을 바로 세운다

두려움을 이겨내는 용기는 우리 자신을 바로 세운다. 뒷걸음질치려는 마음을 앞으로 나아가게 해준다. 용기를 가질 때 우리는 글쓰기뿐만 아니라 인생살이에서도 새로운 길을 개척할 수 있다.

비폭력 저항 운동의 상징인 마하트마 간디는 결혼 무렵부터 담배를 피우기 시작했다. 담배를 사기 위해 머슴의 주머니에서 동전을 훔치고, 어른들 앞에서 마음대로 담배를 피우지 못하는 억울함에 자살을 시도하기까지 했다. 하지만 진짜 자살할 용기가 없어서 담배 피우기를 포기했다. 또 열다섯 살 때는 친척 형의 금팔찌에서 금 한 조각을 몰래 떼내기도 했다. 그 뒤 간디는 잘못을 깨닫고 이 모든 것을 아버지께 고백하고 용서를 빌어야겠다고 생각했다. 당시 간디의 아버지는 병석에 누워 있었고, 간디는 자기 때문에 아버지가 받을 고통이 두려웠다. 그럼에도 그는 용기 있게 잘못을 고백했고, 아버지는 간디를 사랑으로 용서했다. 간디는 두려움을 이겨내고 자신의 잘못을 아버지께 고백함으로써 자신을 떳떳하게 했다.

글쓰기에 간디와 같은 용기까지는 필요 없을지 모른다. 그렇지만 글쓰기가 자기 정체성과 밀접하게 연관돼 있는 만큼 글쓰기에서 필요한 용기 역시 크게 다르지 않다. 우리는 글을 쓰면서 자연스럽게 자신의 삶을 돌아본다. 그러면서 자기 정체성을 깨닫는다. 그러므로 글쓰기를 시작하는 사람은 자신의 내면이 드러나는 위험을 감수할 용기가 있어야 한다. 스스로를 소중하게 여기는 마음은 자기 정체성에 바탕을 두고 있기 때문이다.

“나는 글쓰기에 관심이 많다”라고 당당하게 말하자

천진난만하게 놀고 있는 아이들에게 용기란 말은 필요하지 않다. 용기란 세상을 살아가며 두려움이 무엇인지를 아는 사람에게만 해당하는 말이다. 글쓰기도 마찬가지다. 아이들은 용기를 내 글을 쓰지 않는다. 아이들은 자기가 쓰고 싶은 대로 쓴다. 그런데 자라면서 우리는 그런 마음을 잃어버렸다. 우리에게 글쓰기는 불행하게도 용기를 내야 하는 일이 되어버렸다.

글쓰기에 용기를 낸다고 해서 무작정 돈키호테처럼 달려들 수는 없다. 실패는 성공의 어머니라고 하지만, 거듭되는 실패는 사람을 더욱 힘들게 할 뿐이다. 한 발 한 발 나아가야 한다. 그러므로 글쓰기를 하는 사람은 먼저 가까운 사람들에게 솔직하게 자신을 고백하는 일부터 시작해야 한다. 친구나 가족에게 “나는 글쓰기에 관심이 많다”라거나 “나는 작가가 되고 싶다”라는 바람을 당당하게 밝히자. 처음에는 부끄러울 수 있다. 글솜씨가 뛰어나지 못한 사람이라면 더욱 그럴 것이다. 하지만 그렇게 밝힘으로써 주위로부터 자신의 뜻을 인정받는 기회를 만들어낼 수 있다.

사람들이 실패를 두려워하는 까닭은 일의 성패보다 주위의 평가 때문이다. 사람은 늘 타인의 평가에 귀를 기울이며 살아간다. 그래서 다른 사람들이 자기를 어떻게 생각하는지에 촉각을 곤두세운다. 그러므로 글을 쓰고자 하는 자신의 바람을 당당하게 밝히는 일이 더욱 중요하다. 마음의 부담을 줄여 보다 용기 있게 글쓰기에 나설 수 있기 때문이다. 그뿐만이 아니다. 주위로부터 따스한 관심과 격려를 받을 수도 있다.

진짜 용기는 자존심을 내세우지 않는다. 어떤 일이든 실패에 대한 두려움은 존재한다. 그렇지만 이를 겸허히 받아들일 때 우리는 마음을 열고 한 발 앞으로 더 나아갈 수 있다.

말당문학상 수상

안 되는 글 쓰느라 머리카락 쥐어뜯고 글쓰기 책 수없이 읽고,
좋은 글 필사하고, 난 안 된다며 고민하다가 수없는 밤을
하얗게 지새운 건 안 비밀~!

2장

열정,
글쓰기를 완성시키는 힘

매일 아침의 일출이 너를 위한 삶의 시작이 되게 하고
모든 일몰이 삶의 끝이 되게 하라.
— 존 러스킨

열정은 한순간의 불꽃이 아니다

귀가 잘린 빈센트 반 고흐의 자화상을 보면 폭발하는 듯한 열정이 떠오른다. 보통 사람이 가까이 하기 어려운 느낌을 받는다. 고흐의 삶은 늘 열정에 휩싸여 있었다. 성직자가 되고 싶었던 고흐는 네덜란드 보리나주의 탄광촌에서 가난한 사람들과 지냈다. 고흐는 편안한 잠자리를 마다하고 누추한 오두막에서 생활하면서 광부들을 찾아 지하 갱도까지 내려갔다. 그동안 어떤 성직자도 보여주지 않은 헌신이었다. 이러한 고흐의 헌신에 감동한 사람들은 시간이 지나면서 하나둘 마음을 열고 그의 오두막으로 찾아와 예배를 보았다. 고흐의 전기《빈센트, 빈센트, 빈센트 반 고흐》를 쓴 어빙 스톤은 그 시기의 고흐를 '보리나주 : 청년 예수와 광부들'이라고 표현한다. 그러나 고흐의 이런 헌신은 성직자들로부터 도리어 배척당했고, 고흐는 성직자의 꿈을 버려야 했다. 그 뒤 고흐는 그림에서 삶의 길을 찾고 화가가 되었다. 고흐는 당시 미술계를 점령하고 있던 사람들의 혹평에 시달렸지만, 오랜 노력 끝에 미술사에서 영원히 사라지지 않을 개성적인 그림들을 남겼다.

고흐의 삶과 관련해서 흔히 고갱과 다툰 끝에 귀를 잘랐다든지, 동생에게 짐이 된다는 자책감에 자살을 했다든지 하는 이야기가 입에 오르내린다. 그러나 이런 일화들은 도리어 삶과 미술에서 고흐가 보여준 열정의 의미를 왜곡할 뿐이다. 고흐가 보여준 열정의 의미는 성직자가 되고자 했을 때나 화가가 되고자 했을 때나 한결같이 자기 일에 온힘을 기울였다는 데 있다.

우리는 흔히 열정하면 무엇인가 강렬하면서도 순간적인 감정의 폭발 같은 이미지를 떠올린다. 문학을 이야기할 때도 크게 다르지 않다. 천재 작가들은 무엇인가 일반인과는 다른 행동으로 그들의 열정을 표현하는 것처럼 보인다. 가난에 시달리면서도 집에 돌아갈 여비까지 도박판에서 잃고는 몇 번씩이나 아내에게 돈을 보내달라는 편지를 쓴 표도르 도스토옙스키, 집 밖에 콘크리트 벙커를 지어놓고 수 주일씩 틀어박혀 글을 쓴 《호밀밭의 파수꾼》의 J.D 샐린저, 엽총으로 자살한 어니스트 헤밍웨이가 그렇다.

그러나 이는 열정의 긴 뿌리는 보지 못한 채 겉으로 드러난 한순간의 불꽃만을 보는 것이다. 열정은 그렇게 한순간에 폭발하고 마는 감정이 아니다. 그보다는 꾸준하게 노력하는, 목표를 이루려는 의지라고 할 수 있다. 소설가 한승원은 글쓰기에 미치라고 충고하면서, 70년 동안 먹을 갈아 구멍 난 벼루가 열 개나 되고 몽당이가 된 붓이 천 자루나 되는 추사 김정희를 본보기로 삼는다.

꾸준하게 실천하는 열정이 필요하다

사람들은 글쓰기를 시작하면서 자신을 확인하는 즐거움을 느낀다. 그러면서 점차 글쓰기에 대한 욕망을 키워나간다. 그러나 사실 글쓰기는 글을 쓰겠다는 욕망만으로는 잘 되지 않아서, 어느 정도 자유롭게 쓰는 단계가 지나면 많은 어려움에 부딪힌다. 제대로 된 글 한 편을 쓰기 위해서는 자료를 수집하고, 주제를 정하고, 숱한 시간을 쏟아야 한다. 뿐만 아니라 써 놓은 글을 고치는 과정을 반복해야 한다. 그렇다고 글이 늘 만족스럽게 써지는 것도 아니다. 특히 비판적인 평가를 받고 나면 마음이 상하기도 한다. 글쓰기를 위한 마음가짐으로 열정을 말하는 까닭이다. 용기와 마찬가지로 열정은 글쓰기에 놓여 있는 어려움을 헤쳐나가는 데 꼭 필요한 마음가짐이다. 열정이 없으면 글쓰기에 도전할 용기마저 꺾이기 쉽다. 용기는 대개 열정으로부터 솟아나기 때문이다.

다만, 한순간에 폭발하고 마는 열정이 아니라 꾸준하게 실천하는 열정이 필요하다. 글쓰기에 관심을 기울이는 사람들은 평소 열심히 책을 읽고, 다양한 글쓰기 활동에 참여하며, 자기가 쓴 글을 다른 사람과 함께 읽고 이야기를 나눈다. 또 다른 사람의 평가에 쉽게 마음을 꺾지 않는다. 이를 당연히 거쳐야 하는 과정으로 생각하면서 자신의 관심사를 이어간다. 《달과 6펜스》를 쓴 윌리엄 서머싯 몸은 매일 아침 9시부터 4시간 동안 규칙적으로 글을 썼다. 덕분에 그는 서른 편의 희곡 등 많은 작품을 발표할 수 있었다.

무르익기를 기다리자

《세상을 보는 지혜》의 작가 발타사르 그라시안은 성급한 열정에 휩쓸리지 않을 때 인내를 지닌 위대한 심성이 드러난다고 한다. 글도 마찬가지다. 알맞게 숙성되었을 때 최상의 글이 나온다. 《하늘과 바람과 별과 시》가 세상에 나올 수 있도록 원고를 간수했던 국문학자 정병욱은 〈잊지 못할 윤동주〉에서 윤동주 시인이 시를 어떻게 창작했는지 들려준다. 연희전문학교 시절 함께 하숙을 했던 그에 따르면, 윤동주는 시간을 두고 마음속으로 시상을 가다듬은 뒤 단번에 시를 쓰곤 했다고 한다. 그냥 겉으로 보기에는 아무런 시적 작업을 하는 것 같지 않았지만, 사실은 시상이 무르익기를 기다리고 있었던 것이다.

글쓰기란 노력하는 과정에서 글이 완성되는 때가 찾아오는 작업이다. 자료를 수집·정리하고, 끝없이 고쳐 쓰는 시행착오와 분발하는 마음이 글을 완성시킨다. 그러므로 성급하게, 억지로, 빨리 글을 끝내려고 덤벼들어서는 안 된다. 글쓰기를 하는 사람은 글의 주제와 여건이 충분히 무르익을 때까지 기다릴 줄 알아야 한다.

차분하게 하나하나 글을 이루려는 노력이 무수히 쌓이면서 도저히 글이 될 것 같지 않은 어려움을 이겨나갈 수 있다. 마치 가볍게 내리는 눈송이가 쌓여 소나무 가지를 꺾어내리 듯이, 바닷가의 물결이 끊임없이 조약돌을 쓰다듬어 둥글게 만들 듯이, 글쓰기의 열정은 글 쓰는 이도 모르는 사이에 목표하는 곳에 도달하게 해준다.

글쓰기에 필요한 열정의 몸짓들

글쓰기에 열정을 보이는 사람은 꾸준히 글쓰기에 관심을 기울인다. 독서는 물론이고 생활 하나하나가 글쓰기의 연장선 위에 놓여 있다. 그의 눈은 관찰자의 시각으로 번득이고, 그의 손은 끊임없이 메모한다. 여행을 하더라도 그냥 즐기기만 하는 것이 아니다. 자연 경관을 살피고, 유적지를 방문해 사진을 찍고, 도서관이나 박물관을 둘러본다. 또 여행지에 있는 서점에서 책을 산다. 이렇게 살피고 수집한 자료를 잊지 않고 정리한다. 글이란 우리 마음이 외부 세계와 만나서 이루어지는 것이기에 이러한 작업 없이는 쓰기 어렵다.

또한 꾸준한 실천 없이는 가능하지 않기에 늘 글을 쓴다. 일기와 편지는 기본이고, 수집한 자료를 정리하며 골라낸 글감으로 글을 쓴다. 또한 서로 쓴 글을 돌려가며 감상한다. 소리 내어 읽기도 하고 상대방 글을 비평하기도 한다. 그리고 기회가 주어지면 적극적으로 글을 발표하며, 글을 묶어 책으로 만들기도 한다. 이처럼 글쓰기에 열정을 보이는 사람들은 늘 글과 함께한다.

그뿐만이 아니다. 글쓰기를 좋아하는 사람들은 글 자체를 연구하려는 열망 역시 강하다. 글이란 무엇인지, 글쓰기는 어떻게 해야 바람직한지에 대해 탐구한다. 기꺼이 글에 관한 이야기에 귀를 기울이고, 훌륭한 글을 찾아 읽고, 좋은 점을 본받기 위해 수고를 아끼지 않는다. 비록 비범한 작가들의 타고난 천품(天品)에는 미치지 못하더라도 주눅 들지 않고 차분하게 자기를 닦아나간다.

2부

글쓰기 전에 알아야 할 것들

성공하는 글쓰기를 위해서는 적어도 다음 네 가지 질문에 답할 수 있어야 한다.

- 나는 어떤 글을 잘 쓰는 사람인가?
- 나는 글쓰기 대상을 잘 알고 있는가?
- 나는 누구를 위해 글을 쓰는가?
- 글이란 무엇인가?

대체로 글이란 어떤 대상을 글감으로 해서 독자에게 보이기 위해 쓰는 것이다. 그런 까닭에 글의 출발점인 글쓴이 자신이 무엇보다 중요하며, 글이 조직되는 바탕을 이룬다. 또한 대상을 충분히 이해하지 못하면 글을 쓸 수 없으므로 소통에 실패하지 않기 위해서는 독자를 고려해야만 한다. 글쓰기에 들어서기에 앞서 이와 같은 네 가지 요소를 차분하게 살필 필요가 있다.

또 떨어졌어.
난 아무래도
안 되나 봐.
내가 네 글 읽어 보니까,
넌 소설을 훨씬 잘 쓰는 거 같아.
책도 소설책만 읽잖아.
시 대신, 소설을
써보는 건 어때?
왜?
난 시 쓰고 싶은데.

3장

나는 어떤 글을 잘 쓰는 사람인가

자네는 물건 찾는 사람을 보지 못했는가?
앞을 바라보면 뒤를 놓치게 되고, 왼편을 바라보면 오른편을 잃게 되네.
— 연암 박지원

내가 잘할 수 있는 글쓰기를 찾자

어느 날 공자의 제자 자로가 옳은 것을 들으면 바로 실행해야 하느냐고 묻자, 공자는 집에 아버지와 형님이 계시는데 어찌 그럴 수 있느냐고 대답한다. 그런데 같은 질문을 염유가 하자, 공자는 듣는 즉시 실행에 옮겨야 한다고 대답한다. 그러자 곁에 있던 공서화가 어리둥절해 하며 답변이 다른 까닭을 공자에게 물었다. 이에 공자는 염유는 소극적이므로 앞으로 나아가게 한 것이고, 자로는 남보다 두 배나 적극적이므로 물러서게 한 것이라고 대답한다. 공자는 제자를 가르칠 때에도 제자에 따라 답변 내용을 달리했다. 이는 효를 물었을 때나 어짊(仁)을 물었을 때도 마찬가지였다.

사람은 다 다르다. 글쓰기 역시 마찬가지다. 글은 특히 글 쓰는 이의 개성이 그대로 드러난다. 위대한 작가들이라고 다르지 않다. 각기 장기가 있고 글에서 풍기는 맛이 다르다. 프랑스 소설가 오노레 드 발자크는 문법과 문체를 중시하는 그의 어머니가 끔찍하게 생각할 정도로 문장이 엉망이었지만 신경 쓰지 않았다. 그 대신 자신의 장기인 감정 묘사를 자유자재로 구사해 성공했다. 반면에 서머싯 몸은 간결한 문체를 앞세워 명성을 굳혔다.《동물 농장》으로 유명한 조지 오웰은 장식이 없는 단순한 문체로 강렬한 이야기를 만들어내는 그에게 존경을 표한다. 종속절을 거의 사용하지 않고 짧은 문장을 선호하는 헤밍웨이는 미국 산문 문체에 가장 많은 영향을 미친 작가로 평가되지만, 샐린저는 메마르고 건조하다며 싫어했다.

글 쓰는 이의 개성이 반영되는 것은 단지 문체에 그치지 않는다. 글의 성격, 내용 등 모든 면에 영향을 끼친다. 같은 소설 장르에서도 프란츠 카프카의《변신》이 소외된 현대인의 삶을 '상징적이고도 우화적'인 기법으로 보여준다면, 도스토옙스키의《죄와 벌》의 주인공 라스콜리니꼬프가 전당포 노파를 살해하는 장면은 파탄에 이른 정신세계를 '구체적'으로 보여준다. 한편《모비딕》의 주인공 에이허브 선장의 집념에서 인간의 파멸적 욕망을 읽어내는 허먼 멜빌은 보다 '보편적'인 차원에 관심을 둔다.

뿐만 아니라 글의 종류를 선택하는 데에도 각자의 개성이 영향을 끼친다. 피부가 하얀 사람이 멋있어 보인다고 해서 자기 피부를 깎아낼 수 없는 이치와 같다. 산문적인 재능을 지닌 사람이 시를 좋아한다고 해서 시인이 되기는 어렵다. 실용문에 뛰어난 재능을 지닌 사람이 문예의 세계로 뛰어드는 것은 어리석다. 소설《소나기》를 쓴 황순원은 초기에 시를 썼다. 그러나 시보다 소설에서 탁월한 능력을 보인 그는 결국 소설가로 성공했다.

글쓰기의 출발점에서 자신을 살피는 일은 작게는 한편의 글을 잘 쓰기 위해서지만, 크게는 자신을 내적으로 성장시키기 위해서이기도 하다. 그런 점에서《뼛속까지 내려가서 써라》를 쓴 나탈리 골드버그의 이야기는 시사하는 바가 많다. 대학 시절에 골드버그는 오로지 선생님의 마음에 들기 위한 글을 썼다. 그러나 그 글은 진부하기 짝이 없었다. 결국 골드버그는 문학에 대한 열정을 접고 레스토랑에서 일을 해야 했다. 그러던 어느 날 우연히 서점에서 음식과 관련한 시를 보고는 자신만의 감정과 생각을 담은 글이 참다운 글임을 깨달았다고 한다. 이런 깨달음이 없었다면 골드버그는 문학에 대한 열정을 영원히 접어야 했을지도 모른다. 그러므로 글쓰기를 시작하는 사람은 누구든지 그 출발이 자기 자신임을 잊어서는 안 된다. 글쓰기의 출발에 앞서 나는 어떤 글을 써야 하는지, 나는 어떻게 글을 써야 하는지 살펴야 한다.

글쓰기 과정에서도 자신을 먼저 살피자

글쓰기는 가주제 설정에서부터 글감 수집과 정리, 주제 확정, 개요 작성과 집필, 편집과 퇴고 등의 과정을 거친다. 그리고 이러한 단계마다 해결해야 할 문제들이 있다. 그렇기 때문에 글쓰기 과정과 자기 성향과의 관계를 잘 파악해야 보다 효과적으로 글을 쓸 수 있다.

예를 들어 주제에 관한 구상은 풍부하면서도 막상 이를 구현할 글감의 수집에서는 약세를 보이는 사람이 있는가 하면, 풍부한 글감을 수집하고도 글의 주제를 잡아내지 못하는 사람이 있다. 또 전달력이 부족한 사람, 과감하게 주제를 발전시키지 못하는 사람도 있다. 이처럼 글쓰기 과정에서 사람마다 겪는 어려움이 다르다.

사람들은 글쓰기에 나설 때 보통 이러한 점을 깊이 살피지 않는다. 자기가 원하는 글을 쓸 때에는 쓰고 싶은 대로 쓰면 그만이고, 원하지 않는 글을 쓸 때에는 요구사항만 지키면 그만이라고 생각하기 때문이다. 그러나 글쓰기는 자신의 내적인 성향에 따라 전개되므로 어떤 경우든 글쓰기 과정을 꼼꼼하게 살펴야 한다. 그래야 보다 효과적으로 글을 쓸 수 있다.

다양한 글쓰기로 자신을 발견하자

대체로 글쓰기에 들어서는 사람들은 어떤 특정한 종류의 글(시나 소설 등)을 좋아해서 글쓰기를 시작하는 경우가 대부분이다. 그러나 좋아하는 것과 잘하는 것이 일치하는 경우는 흔치 않다. 그러므로 어떤 특정 종류의 글만 염두에 두지 말고 다양한 글쓰기를 시도하는 것이 바람직하다. 예를 들어 시를 좋아하는 사람이라도 소설, 수필, 희곡, 시나리오 등 다양한 글쓰기를 시도해보는 것이 필요하다. 또 문학적인 글을 좋아하는 사람이라도 비문학적인 글을 써보는 것이 좋고, 그 반대의 경우도 마찬가지다. 그렇게 다양한 영역을 섭렵하면서 자기에게 맞는 글쓰기가 무엇인지 탐색할 필요가 있다.

아울러 자신이 쓴 글에 대해 적극적으로 평가를 받아보는 것이 좋다. 글이란 묘해서 자기 마음에는 들지만 다른 사람 마음에는 들지 않는 경우가 많다. 궁극적으로 독자를 향해서 글을 쓴다는 점을 염두에 두면, 읽는 이의 평가 역시 자신의 재능을 판단하는 데 중요한 요소가 된다. 물론 이러한 평가가 반드시 객관적이라는 보장은 없다. 또 전문가의 평가라고 해서 공정하다는 보장도 없다. 당대에는 평가 받지 못하다가 후대에 높이 평가 받는 문학 작품도 많다. 그러나 적어도 다른 사람이 내리는 평가는 스스로를 객관적으로 돌아보는 데 많은 도움이 된다.

자신이 어떤 글쓰기에 재능이 있는지는 어렴풋한 느낌만으로는 알 수 없다. 타고난 능력을 발휘하기 위해서는 많은 갈고닦음이 필요하다. 따라서 스스로가 재능이 있고 없고를 판단하기에 앞서 비용을 지불할 각오를 해야 한다. 어느 정도 시간과 노력을 들여 다양한 분야의 글을 쓰고 평가를 받으면서 자기 자신을 가늠해야 한다.

내가 쓰고 싶은 글이 아니라, 쓸 수 있는 글을 알아야 한다.

살면서 어려운 일 가운데 하나가 자신을 아는 것이다. 보통 어릴 때는 자신을 잘 안다고 생각한다. 이다음에 커서 무엇이 되겠다는 꿈은 그런 소박한 마음에서 비롯한다. 아이들은 소망이 자기에게 맞는지 아닌지를 의심조차 하지 않는다. 당연히 소망과 자신은 서로 잘 맞는다고 생각한다. 자라면서 꿈이 바뀌어도 의심은 일어나지 않는다. 그러나 인생을 살아가면서 자신에 대해 의심이 들기 시작한다. 과연 자신의 선택이 자기에게 맞는 것인지 의심한다. 비로소 자기가 어떤 존재인지, 정체를 의심하게 되는 것이다. 이와 같은 사정은 글쓰기에서도 그대로 나타난다. 욕망과 실제 사이에서 자기의 정체를 성찰해야 하는 상황에 직면한다.

사람의 한 평생이 자신을 알아가는 여정이란 점에서 이를 특별하게 여길 필요는 없다. 하지만 인생의 행로를 바꾸기 어렵듯이 글쓰기 역시 익숙함에서 벗어나기 쉽지 않다. 뒤늦게 자신의 정체를 파악했을 때는 이미 익숙해진 글쓰기를 포기해야 하는 비용이 만만치 않다. 그러므로 글쓰기의 출발에서부터 열린 마음으로 자기를 살펴야 한다.

'내가 쓰고 싶은 글이 아니라, 쓸 수 있는 글을 아는 것.' 이것이 글쓰기에서 진짜 중요하다! 욕망으로부터 한 발 물러서서 자신을 살피는 일은 뼈아픈 성찰을 요구한다. 사람은 욕망하는 존재이기에 꿈을 꾸며, 이 꿈은 삶의 원동력이 된다. 욕망과 꿈이 사라진 사람은 생존하기 어렵다. 그러나 자기에게 맞지 않는 욕망과 꿈에 사로잡힌 사람은 불행해진다. 글쓰기에서 자기를 아는 과제는 겸허하게 자기 자신을 살피는 일에서부터 시작해야 한다.

4장

나는 글쓰기 대상을 잘 알고 있는가

당신이 누구인지는 잊어버려라. 당신이 쳐다보고 있는 모든 사물들 안으로, 거리 속으로, 물 잔에 담긴 물속으로, 옥수수 밭 속으로 들어가 그대로 사라져버려라.

— 나탈리 골드버그

대상이 열어 보이는 의미의 세계에 집중하자

조각가 미켈란젤로는 돌 속에서 형상을 끄집어내 조각하는 것으로 유명하다. 그의 조각은 "형상을 가두어놓은 대리석으로부터 형상을 해방시킨다"라는 말로 요약된다. 실제로 만년의 미완성작 중에는 인물이 돌에 갇혀 있는 듯한 작품이 여럿 있다. 그는 대리석 채석장에 가서 직접 고른 돌로 조각하곤 했다. 돌을 보고 어떤 형상이 떠오르면 이를 여러 번 스케치하고, 그 스케치를 바탕으로 조각을 만들었다. 글쓰기의 대상이 우리에게 지니는 의미도 이와 같다.

살아가면서 마주치는 사물 가운데 어떤 것은 우리 내면에 깊은 영향을 미친다. 슬픔과 기쁨, 고통 같은 정서적인 반응을

하지만 베스트셀러 1위

불러일으키는가 하면, 오랫동안 잊히지 않는 기억을 남긴다. 이러한 내면의 움직임들이 하나의 사고로 만들어져 글이 된다. 따라서 글쓰기 대상은 우연히 선택되는 것이 아니다. 글 쓰는 이가 알아차렸든 그렇지 않든 간에 그 대상은 글 쓰는 이의 내면과 깊은 연관을 맺고 있다. 어떤 사람이 '가을'을 글쓰기의 대상으로 삼았다면 거기에는 그 사람만의 어떤 의미가 숨겨져 있다. 어느 가을날에 있었던 연인과의 추억일 수도 있고, 가난했던 날의 쓸쓸한 저녁에 선물로 받았던 몇 알의 홍시 이야기일 수도 있다.

그러므로 글쓰기 대상을 생각할 때 우리는 그것이 열어 보이는 의미의 세계에 주목해야 한다. 내가 관심을 기울이는 저 대상은 나에게 어떤 의미를 지닐까에 온 신경을 집중해야 한다. 왜 특정 사물이 내 글쓰기의 대상이 되는 것일까? 도대체 내 관심을 끄는 이유가 무엇일까? 이런 의문에 집중해야 글쓰기 대상이 나에게 지니는 진정한 의미에 도달할 수 있고, 풍부한 글의 세계를 열어갈 수 있다.

내면 깊숙이 내려가자

그렇지만 글쓰기의 대상이 지니는 의미를 이해하는 일이 그렇게 쉽지만은 않다. 우리의 내면 깊숙이 자리하고 있어서 그렇게 쉽게 떠오르지 않는다. 맑고 시원한 샘물을 길어 올리기 위해서는 최대한 우물을 깊게 파야 하듯이, 글쓰기의 대상이 지니는 의미를 이해하기 위해서는 내면 깊숙이 내려가야 한다.

우리는 일상을 살면서 자기의 내면 깊은 곳에 어떤 생각이 도사리고 있는지 잘 알지 못한다. 그러나 어떤 사건이나 계기로 이런 생각이 문득 표면 위로 떠오른다. 고요한 아침 호수를 보면서 갑자기 혼자 울컥하고, 눈보라 치는 영화 장면에서 불현듯 삶의 투지를 느낀다. 따라서 우리 내면 깊숙이 자리하고 있는 글쓰기 대상의 의미를 이해하기 위해서는 불현듯 영감이 떠오를 때까지 글쓰기 대상에 대한 관심을 놓지 말아야 한다.

글을 쓰기 위해서는 다양한 요건을 갖추어야 하지만 그 가운데 주제가 가장 중요하다. 어떤 글이든 주제 없이는 글을 쓸 수 없다. 그런데 주제는 이렇게 저렇게 쓰겠다고 정한다고 해서 되는 것이 아니다. 글쓰기의 대상과 관련한 글감을 분석하고 정리하면서 만들어진다. 이렇게 글쓰기의 주제를 확립해가는 과정이 바로 우리 내면에 자리한 생각에 도달하는 일이다. 그런 점에서 글쓰기는 스스로를 발견해나가는 작업이기도 하다.

자신의 의견을 형성할 정도로 대상을 알아야 한다

일반적으로 어떤 대상에 대해 글을 쓸 때, 대개 하나의 착상 정도에 불과한 생각을 지니고 있는 경우가 대부분이다. 그 대상을 선택한 이유야 다양하겠지만, 그것이 지니는 구체적인 의미를 제대로 이해하는 경우는 드물다. 예를 들어 인간의 운명에 대해 글을 쓴다고 하자. 인간의 운명에 대해 충분히 자료를 모으고 분석하고 종합한 뒤에 '운명은 인간을 강인하게 한다'라는 결론에 도달해야 한다. 또한 이를 뒷받침할 근거 역시 준비해야 한다. 만일 소설이라면, 운명적인 사건으로 왕궁에서 쫓겨난 왕자가 방랑하며 숱한 모험을 겪은 뒤 다시 왕국으로 돌아와 적을 물리치고 왕위에 오르는 이야기로 결론을 뒷받침할 수 있어야 한다. 철학적인 글이라면, 인간의 삶과 운명의 관계를 분석하고 운명이 어떻게 인간을 강인하게 하는지를 논리적으로 제시할 수 있어야 한다. 이처럼 어떤 대상에 대해 글을 쓰기 위해서는 그 대상을 충분히 파악하는 과정을 거치면서 '아, 그렇구나' 하는 결론을 내려야 한다. 그리고 그 결론에 따라 구체적으로 글을 쓸 정도로 줄거리를 만들어야 한다. 그래야 비로소 대상에 대한 의견이 형성되었다고 할 수 있다.

명심해야 할 한 가지는 글쓰기 대상의 의미를 섣불리 규정해서는 안 된다는 점이다. 최대한 선입견을 배제하고 순수한 마음으로 대상의 의미를 탐색해야 한다. 그럴 때에라야 대상이 지니는 참신한 의미를 발견할 수 있으며, 독창적인 글을 쓸 수 있다. 따라서 대상을 탐색하면서 찾아오는 혼란은 의미 있는 혼란이다. 그것은 우리가 비로소 대상의 새로운 진실에 눈

뜨기 시작했음을 알려주는 표지이다. 그러므로 대상이 지니는 의미를 모색할 때에는 분명한 결론에 도달할 때까지 계속해야 한다. 목욕탕에서 벌거벗고 뛰어나간 아르키메데스가 "유레카!"라고 외쳤던 순간이 찾아올 때까지 멈추지 말아야 한다.

모래시계는 하나의 출구로 모래가 질서정연하게 쏟아져 내려가는 구조이다. 대상을 정확하게 이해하면 우리의 글도 모래시계처럼 질서정연해진다. 그렇지 못하면 글은 지지부진하고 초점이 없어진다. 자기의 주장이 없는 글, 정보를 단순히 나열한 글, 체계가 없고 이치에 닿지 않는 글, 발전이 없고 같은 내용이 반복되는 글은 모두 이런 이유로 생겨난다.

정보보다
관점이 중요하다

그리스 철학자 플라톤은 우리가 살고 있는 세계는 가상의 세계에 불과하다고 말한다. 그는 동굴의 비유를 들어 이를 설명한다. 평생을 동굴 속에 갇혀 있는 죄수는 횃불에 비친 동굴 벽의 그림자를 실제 사물로 인식하며 살아간다. 그래서 어느 날 누군가가 죄수에게 그것이 그림자라는 것을 알려주어도 이를 인정하지 않는다. 평생을 그렇게 살았기에 가상의 그림자를 실재로 고집한다는 것이다. 플라톤은 우리의 세계도 마찬가지라고 한다. 우리의 세계는 영원한 참된 실재인 이데아의 세계를 모방한 가상의 세계에 불과하다. 그렇지만 평생을 동굴 속에 살아온 죄수처럼 우리도 이를 깨닫지 못한다는 것이다.

플라톤의 생각이 참이냐, 거짓이냐는 여기서 다룰 성질의 것이 아니다. 그보다는 플라톤이 대상을 바라보면서 자기 나름대로의 견해를 만들었다는 점이 중요하다. 단군 신화 또한 마찬가지다. 천제의 아들 환웅이 곰에서 변신한 웅녀와 결혼해서 낳은 단군은 우리 조상들이 세계와 인간을 어떻게 이해했는지를 보여준다. 세계는 크게 세 부분으로 나뉜다. 환웅이 살아가는 하늘, 곰이 살아가는 땅, 하늘과 지상 사이에 단군이 살아가는 중간계이다. 그리고 최초의 인간 단군은 곰의 동물성과 환웅의 신성함을 동시에 지닌 존재다. 플라톤과는 다른 세계 인식을 보여주지만, 단군 신화 역시 하나의 견해라는 측면에서 비슷하다.

글쓰기에서는 대상에 대한 의견을 세우지 못하면 아무리 많은 글감을 확보하고 정보를 수집했다 하더라도 대상을 알고 있다고 말할 수 없다. 이는 글쓰기에만 해당하지 않는다. 그림이나 사진 역시 마찬가지다. 어떤 그림, 사진도 있는 그대로의 실제를 반영하지 않는다. 어떤 관점과 각도에서 대상을 바라본 견해의 산물일 뿐이다. 따라서 대상의 실제를 파악했느냐, 얼마나 정확한 정보에 근거하고 있느냐가 중요한 것이 아니다. 그보다는 대상을 어떻게 생각하고 있느냐가 핵심이다. '가을'을 소재로 글을 쓸 때에도 중요한 것은 가을을 바라보는 '관점'이지, 가을에 대한 '정보'가 아니다. 그러므로 글쓰기 전에 그 대상에 관한 정보만 알고 있고 자기 의견이 없다면, 글쓰기에 불충분한 상태임을 깨달아야 한다.

5장

나는 누구를 위해 글을 쓰는가

네 스스로 실감하고, 너의 영혼에서 우러나와
듣는 사람 모두의 마음을 끈기 있는 흥미로 휘어잡지 못한다면
네가 생각하는 것을 이룰 수 없지.

— 괴테

독자가 공감하는 글을 쓰자

인도의 신비사상가인 오쇼 라즈니쉬가 겪은 일이다. 어느 날 배 속에 파리 두 마리가 들었다며 한 사내가 라즈니쉬를 찾아왔다. 사내는 파리 때문에 엄청나게 고통스러웠지만 의사들은 그저 상상이라고만 얘기할 뿐이었다. 하지만 라즈니쉬는 곧바로 그의 말을 믿어주었다. 라즈니쉬는 사내의 배를 만지며 파리 두 마리가 들어 있다는 것을 확인해주었다. 사내는 자기의 말을 믿어준 라즈니쉬에게 감격해 절을 했다. 마침내 라즈니쉬는 배 속에 있는 파리 두 마리를 잡아 사내를 고통에서 말끔하게 해방시켰다. 그렇지만 실제로 배 속에 파리는 없었고, 라즈니쉬가 없는 배 속의 파리를 잡아내지도 않았다. 라즈

여러분, 가을비 하면
무슨 생각이 나시나요?
외로움? 슬픔? 이별?
네, 가을비는 그런 것들을 연상시키죠.
저도 그렇습니다. 어느 가을,
첫사랑과 이별하고 우산도 없이
비를 맞으며 거리를 헤매던 기억이 나네요.
지금도 가끔 비를 맞으면
그때 그 일이 떠오르곤 합니다.
이제 한낱 추억일 뿐이죠.
후훗.
난
파전에 막걸리….
나도.

니쉬는 자기는 그런 문제를 해결하는 전문가라며, 사내에게 눈 감고 파리가 나오도록 입을 벌리고 누워 있으라고 한 다음 파리를 몰아내는 흉내를 냈을 뿐이다. 물론 사내가 눈 감고 누워 있는 동안 재빨리 집안에 들어가 파리 두 마리를 잡아서 보여주었다. 덕분에 생생했던 사내의 고통은 끝이 났다. 라즈니쉬가 얼마나 사려 깊게 사내를 대했는지 알 수 있다.

글 쓰는 사람마다 입장이 다르고 모두 다른 목적으로 글을 쓴다. 하지만 독자를 대상으로 하는 글에서는 독자를 이해해야 한다. 독자들은 저마다의 사정으로 책꽂이에서 책을 집어 들고 읽는다. 지식을 얻기 위해 읽기도 하고, 공허함을 달래기 위해 읽기도 하며, 즐거움을 위해 읽기도 한다. 제각기 몰아내고자 하는 '파리'가 있다. 그러나 글쓰기를 시작하는 사람들은 글을 쓰는 데 온 관심을 기울이다보니 독자에게 깊이 공감하지 못하는 경우가 있다. 이는 독자뿐만 아니라 글 쓰는 이에게도 바람직하지 않다. 사실 글쓰기는 긍정적인 피드백을 받을 때 발전한다. 그러므로 독자가 공감하는 글을 쓰기 위해서는 과감하게 글쓰기의 중심축을 자기 자신에게서 독자에게로 옮겨야 한다. 무조건 내 생각이 소중하다는 식의 태도는 바람직하지 않다. 라즈니쉬처럼 무엇이 독자에게 소중한가를 생각해야 한다.

이상의 〈오감도〉 연작시는 발표 당시 엄청난 반발을 불러일으켰다. "그게 시냐"라며 독자들로부터 매도당했다. 결국 신문에 연재하던 발표가 중단되었다. 그러나 이상은 한국 현대시에서 아직까지도 뛰어넘기 힘든 현대적인 감수성을 지닌 시인으로 평가 받는다. 카프카 역시 막스 브로트 등 몇몇을 제외하고는 살아생전 거의 인정을 받지 못했다. 철학자 프리드리히 니체도 당시에는 제대로 알아주지 않는 글을 썼다. 니체는 스스로 자기 글이 당대에는 올바로 이해되지 않을 것으로 생각했다. 그러나 이들이 독자를 일부러 외면하려고 그렇게 글을 쓴 것은 아니다. 불가피한 선택이었다고 봐야 한다. 다만 여기서 강조하는 것은 글쓰는 사람에게는 독자를 고려하고 배려하는 자세가 매우 중요하다는 점이다. 독자가 읽지 않는 글은 아무 소용이 없다. 사람은 누군가와 생각을 나눌 때 생명을 이어갈 힘을 얻는다. 그런데 누구도 자기의 말을 이해하지 못한다면 어떻게 글쓰기를 지속할 수 있을까?

미국의 유명한 토크쇼 진행자인 오프라 윈프리는 게스트의 이야기를 들을 때 허리를 굽힌다. 윈프리의 이러한 태도는 출연자들의 마음을 열게 한다. 윈프리와 대화를 나눈 사람들은 그녀가 이야기를 잘 들어준다고 칭찬한다. 원래 윈프리는 어려서부터 말을 잘한다는 칭찬을 들었다. 그런 그녀가 쇼 진행자가 되어서는 다른 사람의 이야기에 귀를 잘 기울인다는 칭찬을 듣고 있는 것이다. 이 이야기는 말을 잘한다는 것이 무엇으로부터 출발해야 하는지를 잘 보여준다. 의사소통이란 이렇게 상대방에게 귀를 기울일 때 성공적으로 이루어진다. 경청 전문가 래리 바커와 키티 왓슨이 전하는 이야기 역시 마찬가지다. 아내를 암으로 잃고 교회의 신도 수가 줄어 고민하던 늙은 목사의 문제를 해결해준 것은 많은 이야기가 아니라, 진심어린 귀 기울임과 따스한 위로의 말 한마디였다.

내가 생각하는 독자는 실제 독자인가

글 쓰는 사람은 누구나 독자의 눈높이에 맞춰 글을 쓰고 싶어 한다. 유치원생을 상대로 하면서 대학생을 상대하듯 글을 쓰는 사람은 없다. 하지만 유치원생을 상대로 글쓰기를 한다고 해서 과연 자신이 생각하는 유치원생이 실제 유치원생과 일치한다고 보장할 수 있을까? 그렇지 않다. 자신이 생각하는 독자와 실제 독자 사이에는 틈이 존재한다.

영국 소설가 찰스 디킨스는 독자를 울리고 웃기는 재주가 남달랐다. 소설 주인공들의 운명에 따라 독자들은 함께 롤러코스터를 탔다. 디킨스는 영국에서 셰익스피어 이래로 가장 다양한 인물을 창조한 작가로 평가 받는다. 멀리 대서양 건너 미국에서조차 그의 소설을 싣고 오는 배를 독자들이 부두에

시 기다릴 정도였다. 마치 한국 독자들이 《해리 포터》 시리즈가 나오기를 기다리는 것과 같은 인기를 누렸다. 인기를 누리는 소설에는 그 나름의 다양한 소설적 장치들이 들어 있다. 그렇지만 가장 중요한 것은 이 작가들이 독자의 마음을 사로잡고 있다는 점이다. 이들이 겨냥하고 있는 독자가 실제 독자와 거의 일치하고 있기 때문이다.

사람들은 사실 여부와 상관없이 자신의 믿음에 따라 대상을 믿는다. 1966년 컴퓨터 공학자 요제프 바이첸바움은 일라이자라는 인공지능 프로그램을 개발했다. 놀랍게도 사람들은 이 인공지능 정신과 의사와 상담을 했다. 일라이자는 실제 의사가 아니라고 말해도 이를 잘 믿지 않았다. 심지어 바이첸바움의 비서까지 상담을 했다. 지금하고는 기술적으로 한참 차이가 나는데도 사람들은 자기 믿음에 따라 믿어버린 것이다. 글쓰기에서는 이런 현상에 더욱 관심을 기울여야 한다. 보통, 글을 쓰는 사람들은 독자와 떨어져 고독한 작업을 한다. 그러다보면 자기가 파놓은 함정에 자기가 빠지곤 한다. 존 그레이는 남녀 간의 성향 차이를 《화성에서 온 남자, 금성에서 온 여자》라는 상징적인 책 제목으로 나타낸다. 글 쓰는 이와 글 읽는 이의 차이 역시 이와 같을지 모른다. 화성에서 온 필자와 금성에서 온 독자만큼이나 머릿속 독자와 실제 독자 사이에 간격이 벌어질 수 있다. 나는 정말 내 글의 독자를 알고 있는지 스스로에게 물어야 한다.

독자의 마음을 살펴 글을 쓰자

내 글을 읽는 독자란 어떤 사람일까? 그는 단순히 내 글을 읽고 공감하는 사람일까? 독자는 자기만의 꿈과 소망을 갖고 책을 펼치는 사람이라고 할 수 있다. 현실을 살아가는 독자는 이런저런 일로 걱정하고 일에 바빠서 쉽게 책 읽을 시간을 못 내기도 하지만, 글을 읽음으로써 갈망하는 것을 충족시키고자 한다. 또한 책을 읽으며 즐거움을 느끼고, 글쓴이와 더불어 사색하며, 슬퍼하거나 분노한다. 그래서 마음에 드는 책이나 글을 발견하면 기뻐하고 다른 사람에게 추천하기도 하지만, 마음에 들지 않으면 글 읽기를 중단하기도 하다.

어떤 책을 읽든 책을 읽는 사람 마음 깊은 곳에는 스스로를 향상하고 긍정하고자 하는 꿈이 있다. 현실에서는 충족되지 않는 소망이 있다. 독자는 추리소설 속의 주인공을 따라 문제를 해결하면서 현실에서는 느끼지 못하는 능동적인 경험을 한다. 또한 판타지 소설에서 흥미를 넘어 현실에서 좌절하고 마는 자신의 심리를 보상 받는다. 따라서 글쓰기에서 중요한 것은 글의 종류가 아니라 글쓰는 방식이다. 독자의 내면 깊숙이 자리 잡고 있는 상처를 보듬고 함께 삶을 열어가는 데 보탬이 되는 글인지, 아니면 단지 그 마음을 이용해 글쓴이의 생각을 일방적으로 휘두르는 글인지가 중요하다. 독자의 마음을 살펴 글을 쓰는 일은 독자의 마음이 진정으로 원하는 것이 무엇인지를 읽어내는 것이다.

6장

글이란 무엇인가

날마다 떠오르는 아이디어가
아무리 하찮은 것이라도 언젠가는 반드시
완성된 글로 변하게 될 것이라고 생각할 필요가 있다.
— 바바라 베이그

글은 궁극적으로 모두 자기 글이다

한단지보(邯鄲之步)란 말이 있다. 조나라 수도 한단의 걸음걸이가 멋있어 보여 연나라에 사는 한 젊은이가 이 걸음걸이를 배우고자 했다. 그런데 걸음걸이를 미처 다 배우기도 전에 본래의 걸음걸이마저 잊어버려 기어서 돌아갔다. 이 이야기는《장자》추수편에 나온다. 조나라 공손룡이 장자의 도를 배우려 한다고 하자, 위나라 공자 위모가 공손룡에게 들려준 이야기다. 무턱대고 남의 것이 좋아 보인다고 자기 처지를 돌아보지 않고 따라해서는 안 된다는 경계의 뜻을 담고 있다. 위모는 공손룡이 장자의 지혜를 흉내 내려는 것은 모기에게 산을 지우는 꼴이나 마찬가지라는 말끝에 이 이야기를 한다.

한 시간째 장인 정신으로
색연필을 깎고 있다….
예술의 길은
험난한 법.
찾았다,
나만의 방식!
냐하하
제목: 낙엽 놀이

현실에는 다양한 종류와 형식의 글이 있다. 문학적인 글에서부터 실용적인 글까지 종류도 많고, 그 각각에 또 많은 형식의 글들이 있다. 게다가 사회에서 관습적으로 요구하는 글쓰기 조건들도 있다. 그러나 이것들은 어디까지나 생각을 효과적으로 표현하는 데 필요한 참조 사항이지 그대로 따라야 할 규범은 아니다. 물론 춤꾼이 신체 리듬이나 체형을 무시하고 춤을 출 수 없는 것처럼, 글 쓰는 이가 자기 생각을 무조건 쓴다고 해서 다 글이 되지는 않는다. 글이 되기 위해서는 자기 생각을 가장 효과적으로 표현할 수 있는 글의 종류와 형식을 선택해야 한다. 그럼에도 자기 글이 어떠해야 하는가를 탐구하지 않고, 대가의 글 혹은 고전이라 해서 이를 모방하려는 행위는 한단지보처럼 어리석다. 문학적인 글이든 실용적인 글이든 마찬가지다. 어떻게 쓰는 것이 가장 자기답게 쓰는 것인가를 고민하지 않고 섣불리 다른 사람의 글을 따라해서는 안 된다.

물론 지금까지 널리 전해오는 글의 종류나 형식을 아는 것이 중요하지 않다는 말은 아니다. 우리가 흔히 이야기하는 글의 종류와 형식은 지금까지 인류가 문자를 발명하고 글쓰기를 해온 이래 나름대로 가치를 인정받아 온 것이다. 그런 만큼 우리의 사고를 효과적으로 조직하는 데 도움을 준다. 글의 종류와 형식이 의미 있는 것은 이런 뜻에서이지, 그것을 그대로 따라야 한다는 뜻은 아니다.

자기 글에 맞는 형식을 만들자

고려시대 문장가 이규보는 바퀴가 네 개 달린 정자를 지으려고 했다. 이른바 사륜정이다. 이규보는 벗들과 술 마시고 바둑 두고 거문고 타는 풍류와 운치를 즐길 때 들이비치는 햇빛이 무척 성가셨다. 그래서 햇빛을 피해 정자를 옮길 생각으로, 정자 밑에 바퀴를 달아 움직이게 할 작정이었던 것이다. 그는 정자에 앉아 있는 사람들, 술상, 거문고의 크기 등을 계산해 정자를 설계했다. 그런데 어떤 사람이 왜 옛 제도에 없는 정자를 만들려고 하느냐며 꾸짖었다. 그러자 그것이 무엇이 문제냐고 반문했다. 이규보는 자기 생각을 잘 담아내는 정자를 짓는 것이 중요하지 옛 제도는 중요하지 않다고 본 것이다. 글쓰기도 마찬가지다. 자기에게 맞는 글쓰기를 하는 것이 중요하다. 기존의 형식으로 표현하는 것이 만족스럽지 않으면 끊임없이 자기에게 맞는 글의 형식을 만들어내야 한다. 때로는 이와 같은 도전이 사람들에게 오해를 살 수도 있겠지만 크게 문제되지는 않는다.

허먼 멜빌의《모비딕》은 당시로서는 상당히 파격적인 형식을 취하고 있다. 중간 중간 보고서와 같은 내용들이 들어 있어 스토리가 일관되게 전개되는 소설 형식에 익숙한 독자는 곤란함을 느낀다. 멜빌은 거대한 자연 앞에서 인간의 욕망이 얼마나 허망한가를 뚜렷이 드러내기 위해 그러한 사실적인 서술을 동원했다. 그렇지만 지금은 미국 문학의 고전으로 꼽힌다. 요나스 요나손이 쓴 《창문 넘어 도망친 100세 노인》 역시 마찬가지다. 내용의 전개나 글의 구성이 매우 독특하다. 과거와 현재가 병렬적으로 진행되면서 현재에 수렴되고, 우연과 우연이 겹치면서 사건이 전개된다. 삶의 질서를 의식적으로 뒤집고자 하는 작가의 의도다. 이들 작품에 대해 호의적이지 않은 사람들도 있을 것이다. 그러나 평가야 어떻든 간에, 자기에게 맞는 형식을 창조해냈다는 점이 중요하다. 이처럼 글쓴이가 전달하고자 하는 주제에 맞는 형식을 만들어내야 한다.

글은 한계가 많은 매체다

간혹 시대적인 변혁기에는 새로운 양식의 글이 등장하기도 한다. 새 술은 새 부대에 담아야 하듯이, 새로운 내용은 새로운 형식이라는 실험적인 시도를 요구한다. 그러나 그런 시도가 모두 성공을 거두지는 못한다. 독자와 소통해야 한다는 조건을 충족시키기가 쉽지 않기 때문이다. 우리가 글쓰기에서 겪는 어려움은 사실 여기에 있다. 자기 마음대로 써도 되는 일기는 아무 문제를 일으키지 않는다. 그러나 그 외의 글에서는 반드시 독자와 소통이라는 문제를 해결해야 한다. 그래서 글쓰기는 외줄타기와도 같다. 자기 생각에 충실해야 하는 조건과 독자와의 소통이라는 두 가지 조건을 동시에 충족시켜야 한다. 어느 한 가지에 치우칠 때 글은 실패하고 만다.

우리가 쓰는 글은 문자와 문자의 체계, 과거로부터 전승된 어휘의 의미 등을 바탕으로 이루어진다. 글쓰기를 시작하는 사람은 이것들을 학습을 통해 그대로 이어받는다. 그 결과 의도와는 다르게 개성 있는 글을 잘 쓰지 못한다. 그런 점에서 글은 한계가 많은 매체다. 개성 있는 글을 쓰기 위해서는 이 한계를 인식하고 넘어서려는 노력을 멈추지 말아야 한다.

사마천이 《사기》를 쓸 때에는 연대기식으로 역사를 서술하는 편년체가 모범적인 역사 서술 방식이었다. 그런데 사마천은 이 전례를 따르지 않았다. 그가 편년체를 몰라서 그렇게 쓴 것은 아니다. 자신이 쓰려는 역사 서술에 충실하고자 인물 연대기 중심으로 기술하는 기전체라는 새로운 서술 방식을 만들어낸 것이다. 사마천은 흉노와의 전쟁에서 투항한 이릉 장군을 옹호한 죄로 궁형을 받고 치욕스런 삶을 이어가면서도 저술에 힘을 쏟았다. 그리고 《사기》가 완성되고 난 2년 뒤 생을 마감했다. 그런 그가 선택한 새로운 방식의 역사 서술은 이후 역사 서술 방식의 하나로 자리 잡았다.

이런 글, 저런 글
다양한 글의 종류에 대해

화살처럼 목표를 향해 날아가는 글은 주제를 향해 직선으로 전개된다. 정확한 정보나 결론을 독자에게 제시하는 논리적인 글이나 결말을 향해서 일관되게 진행되는 소설, 희곡 등이 여기에 속한다. 이런 글은 필요한 내용만을 집중적으로 조직하고 나머지는 과감하게 버리므로 글쓰기에 제약이 많고, 독자 역시 사유의 전개를 즐기기에 어려운 점이 있다. 반면에 나비처럼 산책하듯 이리저리 날아다니는 글은 형식에 얽매이지 않고 생각을 자유롭게 전개할 수 있는 장점이 있다. 사유의 폭을 넓힐 수 있고, 결론에 도달하기 전에 풍부한 여정을 거친다. 덕분에 독자는 차분하게 독서하면서 사색을 즐길 수 있다.

또한 같은 주제로 묶을 수 있는 것을 순서 없이 열거하는 글도 있다. 독자가 한 덩이, 한 덩이 글을 읽으면서 전체 주제를 완성하게 한다. 논리적으로 순서를 정해서 전달하는 글보다 풍부하게 의미 전달을 할 수 있는 장점이 있다. 아예 일관된 주제 의식 없이 무한히 밤하늘처럼 열려 있는 글도 있다. 그야말로 자유로운 무목적의 글쓰기라 할 수 있다. 일관된 목표도 형식도 없이 자유롭게 자기의 생각을 쓴 글이다. 이런 글은 새로운 사고를 열어보이기에는 좋지만 독자에게 내용 전달이 잘 안 될 수 있다.

이외에도 다양한 종류의 글이 있다. 예를 들어 몇 가지 주제를 동시에 진행시키는 "몇 종류의 색실로 꼬아 만든 밧줄" 같은 글이 추리소설 등에서 발견된다. 또한 "끝없이 속을 파고들어갔다 나오는" 식의 글을 《아라비안나이트》에서 발견할 수 있다. 뿐만 아니라 흔히 말하는 액자 구성 방식의 글도 있다.

3부

나만의 안목을 얻는 방법

안목은 사물의 가치를 알아보는 능력이다. 뿐만 아니라 사물과 사물이 이루는 질서를 통찰하는 능력이다. 글쓰기는 사물들이 이루는 질서를 엮어내는 일이다. 글쓰기가 만드는 의미의 줄거리는 사물의 질서를 반영한다. 그러므로 자기가 쓰고자 하는 대상에서 의미 있는 주제를 이끌어내고 이를 적절하게 뒷받침하는 구성으로 표현하려면 이 모든 것을 읽어내는 눈, 다시 말해 안목이 필요하다. 그러나 안목이 저절로 갖추어지는 것은 아니다. 글 쓰는 이의 선택과 이를 적절한 방향으로 이끌어줄 요소들이 결합해야 가능하다. 다양한 경험과 관찰, 독서, 사색을 통해 획득한 능력을 바탕으로 해서 만들어진다.

첫 여행지
Paris

두 번째 여행지
Rome

세 번째 여행지
London

성당, 미술관, 박물관….
갈수록 그게 그거 같아.
어느 도시에서 뭘 봤는지도 헷갈려.
나만 그런가?

7장

경험 : 열린 마음, 거리 두기, 여행

게으르지 않음은 영원한 삶의 집이요, 게으름은 죽음의 집이다.
게으름을 모르는 사람은 죽음도 모를 것이고,
게으른 사람은 이미 죽음에 이른 거나 마찬가지다.

—《법구경》에서

경험이 안목을 키운다

제나라 군주 환공이 관중을 대동하고 고죽국을 정벌할 때 일이다. 전쟁이 길어지는 바람에 겨울에 회군하게 되었다. 그런데 도중에 길을 잃어 곤란한 상황에 빠졌다. 그러자 관중은 늙은 말의 지혜가 필요하다며 곧바로 늙은 말 한 마리를 풀어놓았고, 그 말을 따라가 길을 찾았다. 늙은 말의 지혜란 뜻의 노마지지(老馬之智)가 나오게 된 고사다. 경험이 어떤 안목을 키워주는지를 보여준다.

라다크에서 인생이 바뀐《오래된 미래》를 쓴 헬레나 노르베리 호지 역시 경험으로부터 서구 문명을 비판적으로 바라볼 수 있는 안목을 얻었다. 티베트 고원 지대인 라다크에서 16년

이상을 지내면서 호지는 서구 문명을 불가피한 것으로 여길 필요가 없음을 깨달았다. 라다크로 가기 전에 호지는 이른바 서구식 진보의 방향이 불만스러웠지만 어쩔 수 없이 이를 받아들였다. 그러나 라다크에서 미래로 향하는 길이 단 하나뿐이 아님을 알고 새로운 희망을 품었다. 라다크에서의 경험은 호지의 삶을 언어 연구에서 생태 운동으로 바꾸어놓았다. 새로운 안목이 낳은 결과였다.

안목을 키우는 데 경험은 매우 중요한 역할을 한다. 관중이 늙은 말의 지혜를 빌린 것이나, 호지가 자신의 인생을 바꾼 것은 모두 경험을 바탕으로 한다. 우리는 경험을 통해 가장 소박한 차원에서 세계와 마주하며, 무엇이 가치 있고 무엇이 가치 없는지를 구별한다. 그런 점에서 경험은 안목을 키우는 기본 토대라고 할 수 있다. 많은 작가들이 자기 경험을 바탕으로 해서 소설을 쓰는 까닭도 경험을 통해 세상을 바라보는 눈을 얻었기 때문이다. 허먼 멜빌은 스무 살 무렵에 선원이 되어 많은 항해를 경험했다. 폴리네시아 제도에서는 식인종을 만나 배를 버리고 달아나기도 했고, 포경선에서 일하기도 했다. 이런 경험들이 나중에 《모비딕》을 쓰는 데 바탕이 되었다. 또한 헤밍웨이는 직접 스페인 내전을 취재하고 1차 세계대전에 참전한 경험을 바탕으로 《누구를 위해 종을 울리나》와 《무기여 잘 있거라》를 썼다.

먼저 마음을 열자

스펜서 존슨은《누가 내 치즈를 옮겼을까?》에서 우리가 두려움을 이겨내고 변화를 받아들일 때 어떤 일이 가능한지를 보여준다. 텅 빈 치즈 창고에 남아 치즈가 다시 나타나기만을 기다린 '헴'과 달리 '허'는 끝없는 고난과 모험 끝에 맛난 치즈가 가득한 새 창고를 발견한다. '허'는 몇 번이고 좌절하지만, 결코 '헴'이 있는 곳으로 되돌아가지 않는다. 그러나 꼬마인간 '허'보다 더 먼저 행동에 돌입한 것은 '스니프'와 '스커리'라는 두 마리 생쥐였다.

존슨은 일부러 꼬마인간들과 생쥐를 등장시켜 우리가 얼마나 현실에 안주하는지를 일깨운다. 인간은 자기중심적일 뿐만 아니라 자기에게 유리한 정보만을 받아들이려 한다. 영국의 심리학자 피터 웨이슨은 이를 확증편향현상이라 부른다. 그만큼 사람은 잘 변하지 않으며 새로운 것을 적극적으로 받아들이려 하지 않는다. 그러므로 경험을 통해 안목을 키우고자 하는 사람은 먼저 마음을 열어야 한다. 마음을 열지 않으면 도리어 경험이 고정관념과 선입견만을 강화한다.

연암 박지원은 청나라의 발전된 문물 받아들이기를 거부하던 낡아빠진 선비들을 "밭두둑의 두더지"라고 신랄하게 비꼬았다. 밭두둑에 있는 자기 구멍이 천하에 가장 훌륭한 집인 줄 안다는 것이다. 이들이 그릇된 선입견에 사로잡혀 하잘것없는 자부심으로 공하게 마음을 닫고 있을 때 연암은 북경으로 가는 연행 길을 따라가며 자기의 안목을 넓혔다. 《열하일기》는 그렇게 해서 탄생했다. 《열하일기》에서 연암은 청나라의 우수한 문물을 열심히 보고 느끼고 기록했다. 수레 제도며 가축을 키우는 일, 벽돌 만들고 거름 만드는 일까지 관심을 기울였다. 그는 적극적으로 현장을 찾아다녔으며, 조금이라도 안목을 넓힐 수 있는 기회를 놓치지 않았다.

인간은 누구나 선입견과 고정관념을 지니고 산다. 사실 이 선입견과 고정관념은 다양한 경로를 통해 얻은 귀중한 자산이다. 선입견과 고정관념이 없으면 우리는 시행착오를 거듭해야 한다. 그렇지만 이 선입견과 고정관념이 생동하는 삶을 방해할 때에는 과감하게 버려야 한다. 변화가 필요하다면 적극적으로 현장에 뛰어들어 실천해야 한다. 이처럼 경험에서 안목을 얻는 일은 무엇을 버리고 무엇을 새롭게 해야 하는지를 깨닫는 것이다.

경험에 일정한 거리를 두자

그러나 경험이 때로는 우리를 압도하기도 한다. 화담 선생과 장님 이야기가 이를 잘 보여준다. 하루는 화담 선생이 집을 못 찾고 길에서 울고 있는 사내를 만났다. 그 까닭을 물으니, 20년이나 눈이 멀었었는데 하루아침에 눈이 떠져 세상이 환하게 보이는 바람에 도리어 집을 찾을 수 없어서라고 했다. 화담 선생은 다시 눈을 감고 가라고 했고, 사내는 집을 찾았다. 경험에 압도당하면 제대로 된 판단을 하기 어렵다.

경험 앞에서 자기 자신을 잃지 않는 일은 마음을 열고 새로운 경험을 받아들이는 것만큼이나 중요하다. 장님은 갑자기 눈이 떠지는 엄청난 경험 속에서 자기를 잃고 말았다. 과거의 모든 기억과 축적된 지혜가 쓸모없어진 현실 앞에서 망연자실했다. 새로운 안목을 싹틔우기는커녕 자기 본분마저 잃어버렸다. 그러므로 경험에 일정한 거리 두기가 필요하다. 이 거리 두기에 실패하면 자기 자신마저 잃는다. 건전한 판단력을 잃고 경험을 절대화하는 잘못을 저지른다. 《걸리버 여행기》에 나오는 릴리퍼트와 불레훠스크의 전쟁 이야기가 그렇다. 릴리퍼트 국왕의 할아버지가 계란을 깨다가 손을 다친 뒤 생긴 새로운 계란 깨기가 발단이 되어 두 나라는 3년째 전쟁을 벌이고 있다. 계란의 둥근 쪽을 깨던 관습을 뾰족한 쪽으로 깨도록 바꾼 것이다. 경험을 절대화하는 오류가 이 어처구니없는 전쟁의 원인이었다.

늘 모이를 주던 주인이 어느 날 모가지를 비틀어도 닭은 모르는 것처럼, 경험은 그 자체로 한계를 지닌다. 경험의 한계를 제대로 살펴 거리 두기를 하지 못하고 자신의 관점에서만 경험의 의미를 판단할 때 잘못이 생긴다.

경험을 자기 것으로 소화할 능력을 키우자

경험을 하면서 사람들은 다양한 삶의 요소들이 실제로 어떻게 결합해 어떤 결과를 낳는지를 목격한다. 이전까지는 막연하고 단편적이던 사실들이 결합해 어떻게 현실이 되는지를 경험한다. 즉, 어떤 원인으로부터 어떤 과정을 거쳐 어떤 결과가 나오는지, 어떤 현상들이 그 이면에 무엇을 감추고 있는지를 생생하게 드러내는 것이다. 그래서 경험은 논리를 만들고, 사람들은 그 논리를 바탕으로 세상을 바라보는 안목을 얻는다.

경험이 이런 생산적인 열매를 맺기 위해서는 경험의 강도나 크기도 중요하다. 경험과 경험하는 주체의 관계는 단순하지 않아서, 경험은 그 강력한 힘만큼이나 폐해도 크다. 어떤 경험은 우리를 평생 고통에 빠뜨린다. 따라서 무턱대고 경험을 좇다가는 도리어 씻을 수 없는 상처를 입을 수 있다. 또한 경험이 많다고 해서 꼭 유익한 것도 아니다. 아무리 다양한 체험을 하고 많은 곳을 여행한다 하더라도, 자기 것으로 소화해낼 수 있는 능력을 갖추지 못하면 무의미하다. 따라서 경험은 그 의미를 해석해낼 수 있는 다양한 학습과 독서, 사색 등이 뒷받침될 때 효과적이다. 안목을 키우기 위해서는 많은 경험을 비교하고 종합할 수 있는 능력이 있어야 한다.

널리 여행하며 견문을 넓히자

《을병연행록》을 쓴 조선 후기 실학자 홍대용은 영조 41년에 서장관이 된 작은아버지 홍억을 따라 자제군관의 자격으로 청나라를 다녀왔다. 1765년 11월에 한양을 출발해 1766년 5월에 돌아왔다. 홍대용은 여행을 하면서 자신의 안목을 새롭게 했고, 이를《을병연행록》에 남겼다. 광활한 요동 벌판을 지나고 봉황성과 심양을 지나면서 자신이 우물 안에 들어앉아 꿈틀대던 벌레와 같은 존재였으면서도 천하의 일을 이러쿵저러쿵 논한 것을 부끄럽게 여겼다. 이후 연경 유리창의 번화한 문물에 흠뻑 빠져들었고, 중국 지식인들과 적극적으로 교류했다.

사마천 역시 젊어서 중국 전역을 여행했다. 기원전 126년, 20세에 부친의 명을 받고 약 7년간 여행하면서 역사의 현장과 백성들의 삶을 살폈다. 수도 장안을 출발해 굴원이 자결한 멱라강, 순임금을 장사 지낸 구의산, 우임금의 자취가 남아 있는 회계산, 춘신군의 옛 성, 한신의 고향인 회음현, 공자의 고향인 곡부, 진승 · 오광의 난이 일어났던 패현 등을 둘러보았다. 사마천은 이 여행을 통해서 민심과 풍속, 경제 등에 대한 견문을 넓히고 역사적인 안목을 키웠다. 사마천의 《사기》는 이와 같은 실천적인 답사를 바탕으로 해서 탄생했다.

여행은 일상의 익숙한 공간을 떠나 세상을 새롭게 보게 한다. 경험을 통해 안목을 넓히는 데 여행만한 것이 없다. 우리는 여행을 통해 새로운 문물과 자연, 사람을 만난다. 이런 만남은 우리에게 새로운 세계를 열어 보일 뿐만 아니라, 자신을 객관적으로 돌아보게 한다. 여행은 일상생활 속에 잠들어 있던 먼 곳에 대한 동경이나 젊은 날의 감수성을 다시 일깨우고 삶에 활력을 불어넣는다.

8장

관찰 : 머물기, 살피기, 꿰뚫어 보기

주변에서 일어나는 일을 알고 주목하는 관찰력은
누구나 태어날 때부터 지니는 인간 본래의 능력이다.
하지만 요즘에는 관찰력을 별로 사용하지 않아
이 기능이 퇴화된 사람들이 많다.
— 바바라 베이그

시간을 두고 사물에 머물자

곤충학자 앙리 파브르는 거미가 연구실에 들어와도 내쫓지 않았다. 거미가 책장이나 햇볕이 잘 드는 창가에 거미줄을 쳐도 그대로 두었다. 최대한 거미와 가까이 지내면서 연구하기를 바랐기 때문이다. 파브르는 60여 년간의 연구와 관찰을 바탕으로《곤충기》를 썼다. 찰스 다윈은《종의 기원》에서 파브르를 최고의 관찰자라고 칭찬했다. 다윈 또한 관찰이 안목 키우기에 매우 중요한 역할을 한다는 것을 잘 보여준다. 다윈은 비글호를 타고 전 세계를 탐사하면서 자연을 자세히 관찰하고 기록했다. 특히 갈라파고스 제도에서의 관찰은 진화론의 개념 형성에 중요한 바탕이 되었다. 글쓰기에서 관찰이 차지하

관찰의 놀라운 효과!
도끼눈이 블링블링 왕방울눈으로.
지금 당장 시작하세요.
당신도 바뀔 수 있습니다.

*글쓰기 실력이 느는 건 덤!

는 비중은 결코 작지 않다. 많은 작가들이 주변 사물을 관찰하면서 안목을 새롭게 했고, 관찰한 것을 토대로 글을 썼다. 경험과 마찬가지로 글을 쓰고자 하는 사람은 관찰하기를 중요한 디딤돌로 삼아야 한다. 베르나르 베르베르의 《개미》나 개미들과 메뚜기의 싸움을 소재로 한 애니메이션 〈벅스 라이프〉 역시 관찰을 바탕으로 하고 있다.

어떤 눈으로 보느냐에 따라 사물은 다른 모습으로 우리에게 다가온다. 아무런 새로움도 없고 그저 밋밋하기만 하던 사물도 일상의 시각을 던져버리고 다가가면 풍부한 의미를 발견할 수 있다. 하찮은 강아지 똥에서 꽃을 피우는 생명력을 읽어내는 권정생의 《강아지 똥》이 대표적이다. 인상파 화가 클로드 모네의 경우도 마찬가지다. 모네는 동일한 사물이 빛의 변화에 따라 어떻게 달라지는지를 화폭에 담았는데, 일상적인 시각을 넘어 사물을 세밀하게 살폈기에 가능했다. 널리 알려진 《꽃들에게 희망을》이나 《갈매기의 꿈》 역시 관찰의 힘을 보여준다. 이 작품들을 보면 글쓴이들이 오랫동안 벌레의 삶과 갈매기의 생태를 관찰했음을 짐작할 수 있다. 이처럼 자연 사물이든 인간 사회든 바람직한 글쓰기를 위해서는 그 대상을 오랫동안 관찰하는 일이 필요하다. 시간을 두고 대상을 차분하게 살필 때 대상에 대해 무엇인가 깨달음이 생긴다. 그것이 바로 대상에 대한 눈뜸, 즉 안목이다.

세밀하고 꼼꼼하게 살피자

우리는 어떤 사물에 대해 피상적인 지식을 갖고 있는 경우가 많다. 그래서 사물을 잘못 판단하곤 한다. 예를 들어 사람들은 돼지를 진흙탕에서 뒹굴기 좋아하는 지저분한 동물로 생각한다. 그러나 사실은 그렇지 않다. 돼지는 오히려 깨끗한 것을 좋아한다. 새 짚을 깔아주면 더럽히려고가 아니라 좋아서 뒹군다. 그런데 사람들은 지저분한 것을 좋아하는 동물이라서 새로 청소를 해주어도 더럽히기 위해 뒹군다고 오해한다. 그러므로 대상을 관찰할 때는 세밀하고 꼼꼼하게 살펴야 한다.

곤충학자 레옹 뒤푸르는 비단벌레노래기벌이 비단벌레를 애벌레의 식량으로 땅속에 저장할 때 침으로 방부제 같은 물질을 주사해 넣는다고 생각했다. 그러나 파브르는 이를 신기하게 생각하면서도 직감적으로 의문을 품고 노래기벌의 사냥법을 자세히 관찰해 그렇지 않다는 사실을 밝혀냈다. 즉 비단벌레노래기벌은 침으로 방부제를 주사하는 것이 아니라, 정확하게 비단벌레의 신경을 마비시켜 신선한 상태를 유지한다는 것이다. 파브르는 이 관찰 내용을 〈자연 과학 연보〉에 발표했고, 뒤푸르는 그에게 칭찬과 격려의 편지를 보냈다. 세밀하고 꼼꼼한 관찰의 중요성을 일깨우는 이야기다.

글쓰기도 마찬가지다. 섬세한 관찰이 있을 때 생동감 있는 글이 탄생한다. 〈동명일기〉의 감각적이고 생동감 있는 일출

장면 묘사도 섬세한 관찰에서 나왔다. 연암 박지원은 〈능양시집서〉에서 까마귀는 검은 새냐고 묻는다. 사람들은 까마귀를 검은 새라고 생각하지만, 햇빛이 어떻게 비추느냐에 따라 까마귀 날개가 황금빛이 나기도 하고 연한 녹색빛이 돌기도 하며 자주빛이나 비취색으로 변하기도 한다고 말한다. 연암 역시 선입견을 버리고 사물을 정확하게 객관적으로 바라볼 것을 주문하고 있다.

사물을 거칠게 바라보는 사람은 자신의 생각에 억지로 사물을 끼워 맞춘다. 그런 사람이 쓴 글에서는 새로운 안목이 주는 즐거움을 발견하기 어렵다. 또한 사물 묘사에서도 참신하고 생동감 있는 표현을 찾기 어렵다.

관찰의 마지막 목표는 통찰력이다

안목은 사물의 가치를 판단하는 종합적인 능력이다. 그런 점에서 관심이 가는 대상에 시선을 두는 것이 관찰의 시작이라면, 통찰력을 얻는 것은 관찰의 마지막 목표다. 통찰력은 말 그대로 사물과 사물 사이, 혹은 사물의 보이지 않는 속성이나 관계를 꿰뚫어 보는 힘이다. 관찰이 안목의 트임에 기여하기 위해서는 통찰력을 키워야 한다. 통찰력이 없을 때 관찰은 사물의 비밀을 드러내지 못하고 사물의 밖에 머문다.

통찰력은 단순히 사물을 객관적으로 관찰한다고 해서 얻어이

지지는 않는다. 관찰하는 사람이 적극적으로 상상력과 지성을 발휘해야 한다. 페니실린을 발견한 루이 파스퇴르의 이야기는 통찰력이 어떻게 해서 생겨나는지를 단적으로 보여준다. 우연히 곰팡이로 오염된 세균 배양 접시를 보면서 파스퇴르는 포도상구균을 죽이는 물질이 푸른곰팡이에서 나온다는 것을 직감적으로 꿰뚫어 보았다. 보통 사람 같았으면 그냥 지나쳤을 기회를 파스퇴르는 놓치지 않았던 것이다. 이는 상처의 감염을 막는 물질을 발견하려는 평소의 간절한 노력이 있었기에 가능한 일이었다.

관찰은 단순히 외적인 자극에 따른 호기심에서 시작되지 않는다. 우리가 어떤 대상을 관찰할 때에는 그에 선행하는 내적인 동기가 작용한다. 통찰력은 이와 같은 관찰 동기가 적극적으로 개입될 때 가능해지는 힘이다. 관찰을 하면서 우리 내부에서 사물의 비밀을 엿보려고 하는 욕망이 바로 통찰력을 발휘하게 하는 근본 요소인 것이다. 《꽃들에게 희망을》에서 한 마리 벌레가 나비가 되는 사건이 왜 꽃들에게 희망인지를 읽어내는 힘 역시 이와 같은 의지의 산물이라 할 수 있다. 우리는 흔히 벌레는 식물에 해롭다고 생각한다. 배추벌레처럼 배추를 갉아먹는 벌레를 해충이라고 여겨 잡아 없앤다. 그렇지만 자세히 관찰하면 배추벌레와 배추는 공생 관계다. 배추꽃이 필 때쯤 배추벌레는 흰나비가 되어 배추꽃의 수분을 돕는다. 서로 공생하면서 자손을 이어가는 것이다. 그러므로 벌레 한 마리가 우여곡절 끝에 나비가 되는 것은 글자 그대로 '꽃들에게 희망을' 주는 사건이다.

사물 사이를 꿰뚫어 보는 통찰력이 담긴 작품

터키 작가 아지즈 네신의 〈어느 무화과 씨의 꿈〉은 통찰력이 돋보이는 작품이다. 작은 무화과 씨를 주인공으로 해서 네신은 인간 사회의 모순을 잔잔하면서도 날카롭게 꼬집는다. 이야기의 내용 일부를 소개하면 다음과 같다.

어느 날 무화과 열매 안에 있는 씨가 엄마에게 물었다. 왜 우리는 이렇게 수가 많냐고. 그러자 무화과 엄마는 사랑스런 자식들에게 말한다. 세상은 냉혹하고 자기를 지킬 아무런 힘이 없는 약한 자일수록 자식을 많이 낳는다고. 뽕나무도 자신을 보호할 아무런 힘이 없어 자식을 많이 낳고 토끼도 그렇다고. 그래서 부잣집보다 병들고 영양 결핍으로 죽기 쉬운 가난한 집에 아이가 많은 거라고. 세상에 약한 자들은 수를 늘리는 것 외에는 자기를 지킬 힘이 없어서라고…….

아지즈 네신은 무화과와 뽕나무, 토끼, 가난한 가정이 지닌 공통점에 주목하면서 이야기를 끌어간다. 도대체 무화과는 왜 이렇게 자식이 많은가? 살구나 자두, 복숭아는 배 속에 씨를 하나밖에 가지고 있지 않은데. 토끼는 왜 그런가? 부자는 안 그런데 가난한 집에는 왜 아이들이 많은가? 힘없고 약한 자들은 수를 많이 늘리는 것 외에는 자기를 지킬 방법이 없기 때문이라는 것이다. 얼핏 들으면 우스운 얘기 같지만 마음을 찌르는 진실이 담겨 있다.

이야기의 결말에서 무화과 씨의 꿈은 이루어진다. 영주의 대저택, 영주를 위해 일하는 노동자들이 사는 성, 그리고 푸른 잎 하나 볼 수 없는 영주에게 벌 받는 죄수들이 사는 감옥, 이 세 곳의 경계인 담장에 떨어진 무화과 씨는 마침내 거대한 나무로 자라 세 곳을 나누던 경계를 무너뜨린다. 그리고 생을 마감한다. 네신은 세상에 어떤 모순이 있고, 어떻게 가장 약한 자가 가장 강고한 벽을 무너뜨렸는지를 무화과 씨를 통해 보여준다.

우헤헤헤헤.
좋다는 건 다 넣어보자.
개구리의 눈알 두 스푼,
도롱뇽의 오줌 한 방울…. 아, 아니지.
지금은 글 쓰는 거니까
있어 보이는 말은 다 넣어보자.
니체 두 줄, 비트겐슈타인 세 줄,
요즘 핫하다는 아들러 다섯 줄,
마구마구 쉐킷쉐킷!
뭔 소린지 나도 모르겠…

9장

독서 : 생각을 살아 움직이게 하는 힘

참 신기한 것은, 흰색 바탕 위에
검은 글씨가 빼곡히 박혀 있는 그 평범한 물건들에서
매번 하나의 신세계가 솟아나온다는 사실이다.
— 샤를 단치

핵심에 가닿는 독서가 진짜다

《소유냐 존재냐》에서 에리히 프롬은 누군가를 만나기 전에 미리 대화 내용을 준비하는 것은 바람직하지 않다고 한다. 그가 바람직하게 생각하는 대화는 현장에 충실한 대화다. 마음을 열고 상대방과 앉아 즉석에서 나누는 대화를 존재 양식의 대화로 생각한다. 수업을 듣는 학생의 자세에 대해서도 같은 이야기를 한다. 선생님의 강의를 충실히 받아 적는 학생은 단지 지식을 소유하고자 하는 소유 양식의 학생일 뿐이라고 본다. 그보다는 강의에 적극적으로 참여하는 학생을 훨씬 바람직하게 생각한다.

프롬은 독서에 대해서도 마찬가지 이야기를 한다. 책의 내용을 기억하려고 애써서는 안 된다고 강조한다. 그보다는 글 읽는 사람의 사유를 활성화하는 독서가 되어야 한다고 본다. 즉, 저자의 지식을 고스란히 흡수하기보다는 글의 내용을 여러 각도에서 검토하고 스스로의 관점에서 정리해야 한다는 것이다. 안목을 키우는 독서는 이처럼 글쓴이와 책에 대해 열린 자세로 접근하는 것을 가리킨다. 그런 점에서 조선 후기 선비 홍길주는 안목을 키우는 독서를 했다고 할 수 있다.

홍길주는 책을 만 권이나 읽고 한 글자도 남김없이 외우는 사람이라도 식견이 늘지 않으면 무의미하다고 한다. 이와 달리 깨달음이 있어서 손 가는 대로 뒤적여도 핵심에 가닿는 독서야말로 진짜라고 한다. 그래서 홍길주는 남들이 한두 권 읽을 때 백 권이나 되는 책을 읽을 수 있었고, 보람은 배가 되었다고 한다. 이처럼 홍길주는 독서에서 핵심과 깨달음을 매우 중히 여겼다. 그는 책 전체에서 우리가 취할 수 있는 것은 아주 일부이므로 소소한 것들은 버려도 상관없다는 태도를 취했다.

그러므로 어떤 책을 읽든, 설사 그것이 불후의 고전으로 불린다 하더라도, 그 책이 자기의 사고를 활성화하는 데 도움을 주지 않는다면 읽기를 멈추어야 한다. 반대로 자신의 사고를 활성화하는 책이라면 그림책이나 동화라도 관계없다. 프란치스카 비어만이 쓴 《책 먹는 여우》라는 동화가 있다. 이 책의 주인공 여우는 책을 아주 좋아한다. 그런데 읽기 위해서 좋아하는 것이 아니라 먹기 위해서 좋아한다. 그래서 책을 하나 훔

치면 소금 넣고 후추 뿌려 맛나게 먹어치운다. 도서관은 그야말로 책 먹는 여우에게 보물 창고다. 덕분에 책 먹는 여우는 감옥에 갇히지만 책을 먹기 위해 열심히 글을 써서 유명 작가가 된다. 안목을 키우는 독서를 위해서는 이 책 먹는 여우와 같은 발상이 필요하다. 책을 마치 우상처럼 떠받들어서는 안 된다. 책의 내용은 우리에게 소화되기 위해 존재하는 것이지, 고이 간직되기 위해 존재하는 것이 아니다.

읽는 이의 정신이 자유로워야 한다

《삼국지》를 처음 읽는 사람들은 대개 관우가 죽었을 때 독서를 멈추고 생각에 잠긴다. 관우처럼 용맹하고 의리 있으며, 생각이 깊고 멋진 사람이 어떻게 그렇게 허무하게 죽을 수 있을까? 관우는 전쟁터에서 싸우다가 장렬하게 전사하는 것이 아니라, 패전으로 쫓기다 사로잡혀 참수당한다. 사람들은 관우 같은 명장의 허무한 죽음을 보면서 많은 생각을 한다. 관우의 삶과 죽음에서 인간의 삶과 죽음에 깃들어 있는 의미를 다시금 되새긴다. 관우의 죽음은 그의 자부심과 의로움이 만든 결과였다. 그렇지만 자부심과 의로움이 목숨을 위협하는 현실에서는 어떤 가치를 지닐지 의심하게 되는 것이다.

이처럼 우리는 독서를 하며 생각에 잠기고, 자신의 생각을 돌아보며, 새롭게 어떤 생각을 펼쳐나가기도 한다. 이것이 바로 독서가 사고를 활성화하는 힘이다. 독서를 하면서 우리는 많은 지식을 얻고 간접 경험을 한다. 하지만 궁극적으로 독서의 힘은 우리를 성찰하게 하고 사고를 활성화하는 데 있다.

그러므로 안목을 넓히기 위해서는 책 읽는 이의 정신이 무엇보다 자유로워야 한다. 글쓴이와 독자의 관계가 스승과 제자의 관계 같아서는 안 된다. 자칫 글쓴이의 생각을 무비판적으로 받아들일 수 있기 때문이다. 이는 책의 내용을 일일이 기억하려는 독서만큼이나 바람직하지 않다. 이러한 독서는 우리의 사고를 활성화하기보다 도리어 속박한다.

책에 대한 욕심을 버리자

책을 많이 읽었다고 해서 저절로 안목이 트이지는 않는다. 많은 지식이 그냥 쌓여 있으면 아무런 의미가 없다. 옛말에 책을 많이 읽어 그 책을 수레에 실으면 소가 땀을 흘리며 끌어야 하고, 집에 쌓아놓으면 대들보까지 찬다는 말이 있다. 하지만 만 권의 책을 읽은 사람이라 해도 자기 나름대로 이치를 터득하고 세상을 볼 줄 아는 안목에 눈 뜨지 못한 사람이라면, 단 한 권의 책을 읽지 못했어도 세상 볼 줄 아는 사람만 못하다. 그러므로 책을 읽을 때에는 자기 나름대로 이 세상과 사물의 이치를 볼 줄 아는 눈을 키워야 한다. 그러기 위해서는 책과 독서에 대한 욕심을 버리는 자세가 필요하다. 오늘날 책의 분야와 분량은 과거와 비할 수 없이 넓고 많다. 교양 삼아 독서를 한다고 해도 끝이 없다. 자칫 책 욕심을 부리다가는 책의 세계에 빠져 헤어나기 어려울 수 있다. 또한 분야가 전문화되면서 일반 독자가 쉽게 접근하기 어려운 내용도 많다. 다양한 분야의 책을 읽는 일이 생각보다 쉽지 않다는 말이다.

《장자》 양생주 편에 소 잡는 포정의 이야기가 나온다. 문혜군은 포정의 칼 다루는 소리가 모두 음률에 맞자 감탄하며 어찌 기술이 이런 경지에 오를 수 있는지를 물었다. 그러자 포정은 솜씨 좋은 소잡이가 1년 만에 칼을 바꾸는 것은 살을 가르기 때문이고 평범한 소잡이가 달마다 칼을 바꾸는 것은 무리하게 뼈를 자르기 때문이라면서, 자기의 칼은 19년이나 돼 수천 마리의 소를 잡았지만 칼날은 방금 숫돌에 간 것같이 날카롭다고 대답한다. 무리해서 억지로 칼을 움직이는 대신, 살과 뼈 사이를 정확하게 헤치고 근육과 뼈가 엉긴 곳에서는 조심하며 칼질을 하기 때문이라는 것이다. 이는 포정이 오랫동안 소를 잡으면서 터득한 지혜다.

독서 역시 마찬가지다. 한 분야라도 차분하게 읽으면 세상을 바라보는 안목을 얻을 수 있다. 그리고 한 분야에서 안목이 트이면 다른 분야로 독서의 범위를 넓히더라도 혼란스럽지 않다. 이미 얻은 것에 발 딛고 밀어나가는 일이기에 안목을 넓히면서도 수고롭지 않다. 이는 고전을 읽을 때에도 적용된다. 요즘 독자들이 고전을 읽기는 쉽지 않다. 인류의 지혜가 결집

된 고전은 내용도 쉽지 않고 형식도 낯설다. 게다가 거의 대부분이 번역서라서 읽는 어려움을 여러모로 가중시킨다. 따라서 꼭 읽어야 할 고전이라고 해서 무리해 덤벼들어서는 안 된다. 먼저 한 분야를 정해서 그와 관련한 고전을 널리 읽어 지식이 쌓이고 안목이 생기면 독서 범위를 넓히는 것이 현명한 방법이다.

독서의 즐거움과 불편함

조선 후기 실학자 이덕무는 스스로를 책만 읽어서 세상 물정을 모르는 바보인 '간서치'라고 했다. 그는 책 읽기를 너무 좋아해서 책을 읽고 있으면 추위나 배고픔을 잊을 정도였다. 그런 이덕무가 독서의 효용으로 가장 중요하게 꼽은 것은 정신의 즐거움이다. 그렇지만 정신의 즐거움이야말로 단순히 지식을 습득해서 누릴 수 있는 경지가 아니다. 정신의 즐거움은 독서하면서 자신의 모습을 확인하는 데서 온다. 세상에서는 찾을 수 없었던 자신을 이덕무는 책을 읽으면서 만나는 기쁨을 누린 것이다. 결국 독서로 새로운 안목을 얻었다면, 그것은 새로운 자신이 되었음을 뜻한다. 독서는 우리에게 현장의 생생함을 보여주지는 못한다. 하지만 독서를 하면서 활성화되는 우리의 사고는 자기 자신과 세상을 새롭게 보게 한다.

이러한 독서의 역할은 영상 매체가 발달한 오늘날에도 변함이 없다. 영상 이미지는 지나치게 현실적이어서 우리의 사고를 마비시킬 수 있다. 하지만 우리는 책을 읽으면서 자유롭게 사고할 수 있으며, 즉석에서 비평을 할 수도 있다. 그리고 책을 읽는 데는 비교적 긴 시간이 필요하므로 주제에 오랫동안 머물 수 있다. 정보가 폭주하는 상황에서 한 가지 주제에 관심을 지속할 수 있는 것이다. 안목은 사물의 본질에 도달하지 않고는 얻기 어려운 능력이다. 어떤 지식을 전수 받는다고 해서 쉽게 트이지 않는다. 그러므로 우리의 시선을 오래 잡아두고 쉽게 앞으로 나아가지 못하게 하는 독서의 불편함이 더 도움이 될 때가 있다.

의문을 품고 책을 읽자

파블로 피카소의 〈게르니카〉를 보고 있으면 도대체 무엇을 그린 그림인가 하는 생각이 든다. 게르니카는 도대체 무엇이고, 사람이건 짐승이건 왜 이렇게 온전한 형체 없이 죄다 난장판인가? 또 정선의 〈금강전도〉의 하늘로 삐죽삐죽 치솟는 산의 모습은 당혹스럽다. 〈게르니카〉는 스페인 내전 당시의 참상을 고발한 작품이다. 독재자 프랑코 편에 선 나치는 1937년 4월 26일 바스크 족의 수도인 게르니카를 무차별 폭격해 1,500여 명의 민간인을 학살했다. 피카소는 이에 분노해 〈게르니카〉를 그렸다. 그림에 나타나는 깨지거나 부서진 형체들은 당시의 참상을 형상화한 것이

피카소의 〈게르니카〉

정선의 〈금강전도〉

다. 그리고 정선의 그림에서 금강산이 하늘로 솟구친 까닭은 산 전체를 빠짐없이 화폭에 담으려 했기 때문이다. 서양화의 원근법과 달리 다양한 지점에서 바라본 금강산을 한 화폭에 담다보니 낯설게 느껴진다.

글을 읽고 의문을 품는 것도 따지고 보면 이와 같다. 우선 책을 읽을 때는 그것이 어떤 관점에서 무엇을 전달하려고 하는지를 질문해야 한다. 그래야만 글의 핵심을 추려낼 수 있다. 왜 이렇게 썼는가? 왜 이것을 중요하다고 이야기하는가? 왜 이런 형식을 썼는가? 이런 질문을 할 때 글의 큰 줄기에 다가갈 수 있으며, 글쓴이의 관점을 파악할 수 있다. 그런 점에서 경험과 마찬가지로 독서에서도 거리두기가 필요하다.

하지만 억지로 의문을 품고 질문을 던질 필요는 없다. 담헌 홍대용은 중국 선비 조욱종에게 보낸 편지인 〈여매헌서〉에서 글을 읽으며 억지로 의심을 품으면 경박해지고 글의 핵심을 놓치며, 도리어 의문이 생기지 않는다고 한다. 그보다는 글의 뜻에 집중해 읽어가노라면 절로 의문이 생겨난다고 한다. 비판적으로 독서를 한다고 해서 억지로 꾸미려 해서는 안 된다.

10장

사색 : 사물에 질서를 부여하는 힘

내면 존재의 불꽃을 깨닫는 순간
그때 그대는 문득 자신이 섬이 아니라는 것,
광활한 대륙, 무한한 대지라는 사실을 알아차리게 된다.
— 오쇼 라즈니쉬

존재의 비밀에 사로잡히는 행위

“낙엽이 우수수 떨어질 때/ 겨울의 기나긴 밤/ 어머님하고 둘이 앉아/ 옛 이야기 들어라/ 나는 어쩌면 생겨나와/ 이 이야기 듣는가?/ 묻지도 말아라, 내일날에/ 내가 부모 되어서 알아보랴?” 널리 알려진 김소월의 〈부모〉라는 시다. 아마 겨울바람이 차갑게 부는 캄캄한 밤이리라. 숲에서는 낙엽이 지고, 희미한 등잔불빛 새어나오는 오두막에서는 도란도란 이야기가 흘러나온다. 이야기를 들려 주는 엄마의 얼굴을 보는 아이의 눈에는 설핏 한 가지 생각이 스쳐 지나간다. 나는 어떻게 해서 생겨났을까? 엄마의 이야기를 들으면 들을수록 아이는 아득한 생각에 젖는다. 그러나 아이의 생각은 겨울 밤하늘처

사색은
마음가짐이 중헙니다.

럼 캄캄한 미지의 세계 앞에 멈춰 서서 더 나아가지 못하고, 그래 내가 나중에 부모가 되어서 알아보자라며 끝을 맺는다.

사색은 익숙하던 세계가 불현듯 낯설게 느껴질 때 시작된다. 익숙하고 친숙하던 사물들이 알 수 없는 수수께끼처럼 보일 때 우리는 발길을 멈추고 골똘히 생각에 잠긴다. 아이가 갑자기 자기의 출생을 궁금해 하는 것처럼, 세계와 세계를 이루고 있는 사물과 그 안에 존재하는 우리 자신의 삶에 대해, 생명의 근원과 죽음에 대해, 우주의 본질에 대해 의문에 사로잡힐 때 우리는 사색의 길로 들어선다. 그런 점에서 사색은 존재의 비밀에 사로잡히는 행위다.

사색은 오로지 인간만이 경험하는 사고 활동이다. 블레즈 파스칼은 인간을 생각하는 갈대라고 했다. 우주가 인간을 죽일 수 있을지라도 우주는 생각할 줄 모른다. 오직 인간만이, 비록 나약하지만 생각하는 힘을 가지고 있음을 파스칼은 힘주어 말한다. 그러므로 사색은 곧 세계에 대한 눈뜸이다. 인간은 사색을 통해 세계를 바라보는 자기만의 눈을 갖는다. 세계 여러 곳에서 명상 학교를 운영하는 틱낫한 스님은 종이 한 장에서 나무와 구름과 햇빛과 물, 그리고 벌목꾼들이 먹는 밀까지 본다. 그는 종이 한 장에 삼라만상의 인연이 맺어져 있어 종이가 아닌 것으로 가득 차 있다고 말한다. 그리고 개인이란 바로 이 종이와 같은 존재임을 깨우친다.

글쓰기를 시작하는 사람에게 사색이 중요한 이유가 여기에 있다. 아무리 많은 경험을 하고, 아무리 많은 관찰 자료를 얻고, 수 만권의 책을 읽었다 해도 사색하지 않는 사람은 글을 제대로 쓸 수 없다. 사색하지 않는 사람이 쓴 글은 글이라기보다 수많은 사실이나 지식, 경험을 늘어놓은 것에 불과하다. 이런 글은 요령 없는 초보 교사가 너무 많은 지식으로 학생을 힘들게 하듯 읽는 이를 지치게 한다. 사색을 통해 얻게 되는 안목이란 자기 나름대로 사물 세계에 질서를 부여할 줄 아는 능력이며, 글의 주제를 확정하고 줄거리를 만드는 근본이다.

사색은 자기를 긍정하는 힘에서 나온다

사색하는 힘은 자존감에서 생긴다. 사색은 자기 눈으로 사물과 세계를 바라보며 그 의문에 답하는 행위다. 자기 나름대로 세계를 바라보고 해석하는 행위이기에 사색은 스스로를 긍정적으로 세울 때 가능하다. 설산에서 오랫동안 고행하면서도 진리를 깨치지 못한 부처는 어느 날 고된 수행을 그만두었다. 민가에 내려가 우유죽을 받아먹고 보리수나무 아래 정좌하고 앉아 명상에 잠긴 끝에 비로소 진리를 깨달았다. 자기 긍정의 힘이 이를 가능하게 한 것이다. 함께 수행하던 동료들은 그를 비난했지만, 부처는 그들을 상대로 최초로 설법을 했다.

여기서 자기 긍정의 힘이란 낙천적이라는 뜻이 아니다. 설명하기는 쉽지 않지만, 차분하게 자기를 놓아두는 힘을 말한다. 이리저리 자신을 재지 않고 있는 그대로 놓아둘 때 우리 정신은 눈을 뜨고 비로소 활성화된다. 아이들이 사색에 잘 잠기는 까닭도 정신이 피폐하지 않기 때문이다. 모름지기 사색에 잠기고자 하는 사람은 현실에서 한 발 물러서 있는 그대로의 자기로부터 출발해야 한다. 모든 권위와 이론과 비판을 떠나 고요하고 담담한 마음으로 가만히 사물을 응시하고 자기 마음의 소리에 귀를 기울여야 한다.

우리는 바삐 사느라 미처 사물과 자신의 내면에서 울려나오는 소리에 귀를 기울이지 못한다. 그러나 우리가 자신의 삶을 바로 하고, 자신을 둘러싼 사물과 올바른 관계를 맺기 위해서는 그 소리에 귀를 기울여야 한다. 삶의 속도를 늦추고 사고 활동이 본연의 자리를 찾게 해야 한다. 우리의 사고는 삶이 제대로 된 방향으로 가고 있는지 끊임없이 살핀다. 사물들이 보내는 낯선 신호에 갑자기 시선이 머물고 곰곰이 생각에 잠긴다. 이처럼 사색은 삶의 큰 흐름을 돌아보아야 할 때 시작된다. 아주 작은 사물에서 시작한다 하더라도 궁극적으로 사색은 큰 흐름을 바꾸어놓는다.

사색이 일상을 벗어나야만 가능한 것은 아니다

사색을 시작하는 사람은 마치 어머니의 자궁 속으로 되돌아가듯 자기만의 생각에 침잠한다. 그에게 의문을 던지는 사물에 깊이 사로잡혀 그것을 탐색하는 데 생각을 집중한다. 이를 위해 일상의 공간을 떠나 혼자만의 시간을 보내기도 한다. 숲속에 오두막을 짓고 혼자 지낸다든지, 자기를 아는 이가 없는 도시에서 홀로 지낸다든지 하면서 사색에 잠긴다. 또는 여기저기를 떠돌기도 한다. 하지만 사색이 반드시 일상의 공간을 떠나야만 가능한 것은 아니다. 사색이 방해 받는다고 생각할 때 일상을 떠날 뿐이다. 그리고 사색이 언제 끝날지, 어떤 결과를 내보일지 우리는 예측하지 못한다. 단지 무엇인가가 진행되고 있고, 그 생각에 우리가 깊이 빠져 있다는 사실만을 알 뿐이다.

사색은 스스로가 해체되는 경험이다. 그러나 이는 이성적으로 차분하게 진행되는 과정이기에 격렬한 감정을 동반하지는 않는다. 또한 사색은 본질적으로 자기를 중심으로 하는 사고 활동이다. 대상에 이끌리고 의문을 품으며 대상을 살피지만 어디까지나 주체성을 전제로 한다. 그래서 스스로가 해체되고, 새로운 안목과 세계관을 획득하고, 새로운 미래를 향해 나아가면서도 사색하는 이는 전혀 위험에 빠지지 않는다. 그보다는 사색이 끝나면 더욱 굳세진 자신을 발견한다. 사색이 끝난 사람은 한결 성숙해진 마음가짐으로 일상에 복귀한다.

그러므로 어느 것을 깊이 생각한다고 해서 다 사색은 아니다. 사색은 분별력을 상실할 정도로 어떤 생각에 사로잡히는 일이 아니다. 그것은 사색이 아니라 망상이다. 오로지 정념과 욕망의 노예가 되는 사고 활동은 사람의 눈을 멀게 한다. 그것은 삶을 파탄으로 이끌고 문제투성이로 만든다. 사색은 그렇지 않다. 사색은 차분하고, 조용하며, 이치의 흐름을 따른다. 대상에 집착하지 않고, 대상에 일방적으로 자신의 의지를 강요하지 않고, 한 발 물러서서 대상을 바라본다. 사색은 오로지 문제 해결을 지향하는 사고와도 다르다. 문제를 해결하는 과정에서 사색할 수는 있지만, 사색은 그런 도구적인 사고가 아니다. 사색은 그야말로 순수한 사고 활동이다.

아르투어 쇼펜하우어는 일찍이 문장을 논하면서 자기만의 사상을 키우기 위해서는 사색해야 한다고 강조했다. 독서라 할지라도 이는 대용품에 불과하며 길을 유도하는 역할에 그친다고 한다. 자기 스스로 생각해서 애써 깨우치지 않은 지식은 의미가 없다. 글쓰기에서 갖춰야 할 안목 역시 그렇게 해서는 얻기 어렵다.

일상에서 옆으로 한 발 물러서기

현대인들은 누구나 분주하다. 사회가 발전하고 있다고 믿기 어려울 정도다. 사람들은 잠시도 가만히 있지 못한다. 열심히 공부하고, 부지런히 일하고, 바쁘게 휴가를 다녀온 뒤 다람쥐 쳇바퀴 돌듯 일상으로 뛰어든다. 그렇게 일생을 보낸다. 그럼에도 사람들은 아랑곳하지 않고 열심히 축적하고, 소비하고, 더 많은 것을 욕망하기 위해 경쟁한다. 누가 더 나은가, 누가 더 화려한가? 부와 지위와 명예를 두고 다툰다.

느리게 살기, 슬로우푸드, 게으른 삶을 누구나 이야기하기는 한다. 그러나 그렇게 살면 어떻게 될까, 결과는 불을 보듯 분명하지 않은가, 하는 두려움에 사람들은 멈추지 못한다. 멈추는 순간 카누 경기에서처럼 무리에서 낙오된다고 생각한다. 그래서 모두 악어가 사는 강의 절벽을 향해 뛰어가는 영양의 무리처럼 산다. 뒤에서는 사자가 쫓고 앞에는 악어가 있다.

사색을 하기 위해서는 이런 삶의 행로에서 옆으로 비껴서야 한다. 판단의 중심을 자기 자신에 놓고, 우리를 위협

하는 허깨비와 싸워야 한다. 물질적으로 빈곤한 삶은 고통스럽다. 그러나 무엇이 빈곤인지는, 어떤 상태가 빈곤인지는 스스로 정해야 한다. 삶을 즐기기 위해 스스로를 노예로 만드는 어리석음은 피해야 한다. 가난과 질병은 우리가 피해야 할 것이지만, 가난과 질병의 허깨비에 쫓겨 살아서는 안 된다. 또 남과 자신을 비교하는 태도 역시 버려야 한다. 성공해야, 남들보다 하나라도 더 나아야 한다는 생각 속에도 역시 사색은 깃들지 않는다.

4부

글쓰기를 위해 배우고 익혀야 할 것들

글쓰기에 대해 무엇을 배운다는 것조차 극단적으로 거부하는 사람들이 있다. 있는 그대로 쓰면 된다고 주장한다. 물론 글은 생각이 차면 절로 솟아나온다. 하룻밤 사이에 소설 한 편을 너끈히 쓸 수도 있고 더 이상 손 대지 않아도 될 시 한 편이 나올 수도 있다. 하지만 이런 일들은 흔치 않다. 따라서 글을 써야 할 필요가 있고, 자기 생각을 제대로 표현하고 싶은 사람은 글쓰기와 관련한 기술적 요소를 배우고 익혀야 한다.

아무리 보석 같은 생각을 품고 있어도 표현할 줄 모르면 글쓰기에서 성공하기 어렵다. 글쓰기를 시작하는 사람은 표현과 관련한 기본적인 문제에 관심을 기울이고 필요한 것을 익혀야 한다. 여기서는 어휘, 문장, 단락과 관련한 기본적인 글의 요소들과 실제로 글을 쓰기 위해 해야 할 준비 작업, 글 쓰는 과정에서 필요로 하는 실천 전략의 순서로 살펴본다.

Q. 고양이가 지옥에 가면?
A. 헬로키티.

Q. 신하가 왕에게 공 던지며 하는 말은?
A. 송구하옵니다.

Q. 꽃가게 주인들이 싫어하는 도시는?
A. 시드니.

Q. 호주의 화폐 단위는?
A. 호주머니.

11장

어휘의 힘과 매력

불은 말에 의해서 비로소 불이 된다.
그전에는 타오르는 무엇이 있었을 뿐이다.
— 막스 피카르트

어휘가 왜 문제일까

말장난은 의사소통의 관점에서 보면 방해 전파와 같다. 그럼에도 사람들은 말장난에서 즐거움을 느낀다. 말이나 대화에서 어휘가 차지하는 비중은 그만큼 크다. 인간은 말을 매개로 세상과 더불어 산다. 어휘는 그 중에서도 가장 기본적인 요소다.

그러나 어휘가 단순히 의사소통만을 위한 도구는 아니다. 어휘는 우리를 둘러싼 세계의 실상을 드러내는 데 중요한 역할을 한다. 사물을 지칭하는 말이 없을 때 우리 사고는 애매모호한 상태에 머물고 만다. 하나의 말이 생겨난 뒤에야 비로소 우리는 사물과 의미 있는 관계를 맺고 제대로 된 사고 활동을 시작한다. 그러므로 어휘에 관심을 기울이는 일은 표현의 분제를 넘어 사물의 실상을 탐구하는 문제이기도 하다. 우리는 어휘를 통해 사물에 접근하고 사물의 비밀을 열어간다. 그러므로 다채로운 어휘를 구사하는 사람은 다채로운 사물의 세계를 누리는 것이며, 미세한 의미 차이를 느끼는 사람 역시 사물이 내보이는 섬세한 특성을 감지하는 것이다.

어휘가 힘을 발휘하는 가장 초보적이면서도 중요한 차원은 어휘가 무엇인가를 지시한다는 데 있다. 어휘는 사과, 구름, 자동차와 같은 구체적인 사물에서부터, 전쟁, 평화, 혁명과 같은 추상적인 개념까지를 지시한다. 이들을 지시하는 말이 없을 때 소통이 안 되는 것은 물론이고 사고도 불명확해진다. 그뿐만이 아니다. 어휘가 부족하면 세계를 이해하는 데 한계가 있고 미래를 향한 전망을 열기도 힘들다. 새로운 개념의 등장과 사회 변화의 관계를 명확하게 규정하기는 힘들지만, 이들이 상관관계를 이룬다는 것을 부정할 수는 없다. 또한 개인의 삶에서 어휘 하나가 굉장한 마력을 발휘할 수도 있다. 우리는 누구나 '사랑'이라는 말에 가슴이 뛰고, '추억'이라는 말에 감정이 일어난다.

어휘가 이런 힘을 발휘하는 까닭은 어휘가 복잡한 감정이나 사상을 간단한 기호에 담아내는 능력을 갖고 있기 때문이다. 이런 어휘가 발휘하는 힘은 매우 역동적이다. 어휘는 등장하자마자 마치 주변의 에너지를 빨아들이는 블랙홀처럼 기능한다. 불분명하던 미래도 그것을 지시하는 어휘가 등장하는 순간 그 방향으로 형상화된다. 예를 들어 누군가가 '바보'라고 불리는 순간 온갖 바보 이미지가 그에게 집중된다.

어휘는 이처럼 사물을 단순하게 만들며 사물의 특정한 면모를 부각시킨다. 하지만 그런 특성 때문에 우리를 잘못된 방향으로 이끌기도 한다. 사실 어휘는 정확하게 대상을 지칭하거나 의미를 전달하지 못하는 근본적인 한계를 안고 있다. 게다가 시간이 흐르면서 사물과 어휘 사이에 거리가 점점 벌어져서 불일치가 깊어질 수 있다. 이것은 어휘가 부족해 생겨나는 문제와는 다른 차원에서, 말의 표현력을 떨어뜨리고 소통에 문제를 일으킨다. 그러므로 풍부한 어휘력 못지않게 그 쓰임을 정확하게 아는 것이 필요하다.

어휘의 습득과 활용

어휘가 지시하는 대상이나 의미와의 연관만이 중요한 것처럼 보이지만 사실은 그렇지 않다. 어휘는 다른 어휘와 맺는 관계에서 그 역할과 기능, 의미 등이 규정된다. 따라서 어휘를 정확하게 사용하기 위해서는 어휘 사이의 미세한 연관을 파악하고 차이를 분별해야 하는데, 이러한 능력은 현장 활동을 통해서만 습득이 가능하다. 그래서 어휘를 풍부하게 하기 위해 단어장이나 사전을 통째로 외우는 것은 그리 효과적이지 않다. 일시적으로는 도움이 되지만 어휘를 자기 것으로 하는 데에는 한계가 있다. 우리는 현장 체험으로 어휘의 의미뿐만 아니라 어휘에 묻어 있는 생생한 느낌까지를 습득할 수 있다. 다양한 경험 속에서 어휘의 미묘한 차이를 직관적으로 파악할 수 있다. 그리고 꾸준한 독서로 일상에서 접할 수 없는 영역까지 어휘의 폭을 자연스럽게 넓힐 수 있다. 또한 우리는 학습을 통해 학술적이거나 전문적인 용어를 습득할 수 있다.

또한 어휘를 풍부하게 하기 위해서는 기본적으로 어휘에 대해 지속적으로 관심을 기울여야 한다. 어휘에 적극적으로 관심을 기울이는 사람들은 어휘를 알아가는 것 자체에서 즐거움을 느낀다. 새로운 어휘를 안다는 것은 새로운 지식과 감정, 세계를 안다는 뜻이다. 즉, 어휘에 대한 관심은 삶에 대한 관심이다.

어휘에 민감하게 반응하자

언어는 정확하게 설명하기 어려운 미묘한 뜻까지 어휘에 담아내므로 그에 민감하게 반응해야 한다. 가령 같은 비라 하더라도 안개비, 이슬비, 보슬비, 가랑비, 실비 등의 의미 차이를 느낄 수 있어야 한다. 몰락, 타락, 전락, 영락, 윤락의 경우도 마찬가지다. 이런 말들의 차이에 대해 무감각하다면 어휘를 풍부하게 하기 어렵고 정확한 글을 쓰기 어렵다. 시나 소설과 같은 문학적인 글쓰기에만 해당하는 얘기가 아니다. 모든 글쓰기에 해당한다. 자신이 선천적으로 어휘에 민감한 사람이 아니라면 민감성을 키우려고 노력해야 한다. 그렇다고 부지런히 어휘를 외우라는 말이 아니다. 말들이 주는 미묘한 의미 차이를 느끼라는 것이다.

말이란 본래 의미 차이를 통해서 그 역할이 실현된다. 우리말에서 색채를 나타내는 '붉다'를 예로 들어 보면, '붉다 – 발갛다 – 빨갛다 – 새빨갛다 – 시뻘겋다' 등으로 의미가 분화되는 것을 볼 수 있다. 우리는 이런 말들을 들으면서 무엇인가 설명하기 어려운 미묘한 느낌, 즉 의미의 차이를 느낀다. 이런 의미 차이가 구체적인 경우에만 일어나는 것은 아니다. 추상적인 맥락에서도 다양한 기준이 복합적으로 작용하며 의미를 분화시킨다.

반의어, 유의어, 동의어, 동음이의어, 다의어 등에 대한 관심도 이런 관점에서 접근해야 한다. 단순히 이것의 반의어는 무엇이고, 유의어에는 어떤 것이 있다는 식의 접근은 바람직하지 않다. 오히려 그 말들의 의미가 어떻게 분화되는지에 관심을 기울여야 한다. 이는 우리말과 한자어의 쓰임새 차이에 대해서도 마찬가지다. 예를 들어 어떤 때 '사람'이라는 말을 쓰고 어떤 때 '인간'이란 말을 쓰는지, 두 말이 지니는 의미 차이를 느낄 수 있어야 한다. "사람이 어찌 그럴 수가 있어?"와 "인간이 어찌 그럴 수가 있어?"는 미세하게 다른 느낌을 담고 있다. 전자는 정서적인 느낌이, 후자는 비난의 의미가 강하다.

이런 문장들이 문맥 속에 놓여 있다면 그 차이는 더욱 분명하게 드러난다.

어휘 자체를 탐구하자

경험, 독서, 학습에 비해서는 보조적이지만, 어휘를 풍부하게 하는 데는 어휘 자체에 대한 탐구도 효과적일 수 있다. 예를 들어 어원에 대한 탐구나 사물과 관련한 분야를 조사하면서 어휘를 늘려나갈 수 있다. 또한 동의어, 유의어, 반의어, 동음이의어, 사자성어, 속담, 방언 등도 도움이 된다. 다만 어떤 경우에도 이들 어휘를 연관 지어서 파악해야 한다. 아랫글은 배내, 배냇짓, 배냇병신, 배냇니, 배냇머리, 배내똥, 배내옷, 투레질, 풀무질, 죄암질, 쉬야질, 잠투세 등을 갓 태어난 아이와 연관 지어 설명함으로써 이해하고 기억하기 쉽게 한다.

> 갓 태어난 아이는 '배냇짓'이라 하는 무의식적이고 본능적인 행위를 보인다. (…) 여기서 '배내'란 말은 '배 안에 있을 때부터'라는 뜻이다. 예컨대 태어나 아무것도 먹지 않은 상태에서 누는 똥을 배내똥이라고 한다. 이 밖에도 배냇병신, 배냇니, 배냇머리, 배내옷 등은 여기서 파생된 말이다. (…) 갓난쟁이가 입술을 털며 투투거리는 '투레질'도 일종의 배냇짓

에 속한다. 투레질뿐만 아니라 입으로 풀무처럼 바람을 불어 대는 '풀무질'이나 두 손을 쥐었다 폈다 하는 '죄암질(쥐엄질)', 시도 때도 없이 오줌을 싸대는 '쉬야질', 잠들기 전이나 깬 후에 부리는 '잠투세' 등도 역시 배냇짓의 일종이다.

— 천소영, 《우리말의 속살》, 창해, 2000, 16~17쪽.

다음 글 역시 어휘를 다양한 연관 속에서 파악한다. 글쓴이는 비를 빗방울의 굵기와 연관해 체계적으로 소개함으로써 이해하고 기억하기 쉽게 할 뿐만 아니라, 우리 어휘의 정감을 잘 전달한다.

안개처럼 가늘게 내리는 비는 안개비, 안개보다는 굵고 이슬비보다는 가는 는개, 는개보다는 굵고 가랑비보다는 가는 이슬비, 이슬비보다 더 굵게 내리는 비가 가랑비, 이것이 빗방울의 굵기(또는 가늘기)에 따른 가는비의 서열이다. 이밖에 실같이 내리는 실비, 가루처럼 뿌옇게 내리는 가루비, 보슬비와 부슬비도 가는비와 한가지다.

— 장승욱, 《재미나는 우리말 도사리》, 하늘연못, 2002, 109쪽.

12장

자연스런 문장 쓰기

같은 사람이 같은 뜻을 말하더라도
경우 따라, 기분에 따라 말의 조직이 달라진다.
— 이태준

문장 쓰기의 두 가지 과제

문장은 사고의 표현이다. 문장은 우리의 생각을 문자를 빌려 표현한 것이다. 누군가 그리울 때 '나는 너를 보고 싶다'처럼 표현하는 것이나, 아름다운 꽃을 보고 '꽃이 아름답다'라고 표현하는 것이 문장이다. 그러므로 문장은 기본적으로는 사고의 차원에서 생각해야 한다. 또한 우리가 문장을 쓰거나 말하는 이유는 내 생각을 다른 사람에게 전달하기 위해서다. 따라서 의사소통에 필요한 문장으로서의 조건 또한 갖추어야 한다. 문장이 만들어지는 생성의 차원과 의미를 정확하게 전달하는 표현의 차원을 동시에 만족시키는 것이 문장 쓰기의 과제다.

접속부사 꺼져!
부사 꺼져!
관형어 꺼져!

저것들 다 빼버리면
문장이 자연스럽지 못하다고?
의미 전달이 안 된다고?
어쩔 수 없지.
요즘은 짧고 간결한 문장이
대세거든.

문장 쓰기는 각 개인의 사고 특성과 매우 밀접하게 연관되어 있다. 따라서 함부로 자기 문장을 다른 사람의 기준에 맞춰 바꾸려 하거나 다른 사람의 문장을 흉내 내서는 안 된다. 짤막한 문장 쓰기가 유행하고 멋있어 보인다고 해서 무작정 쫓아서는 안 된다. 어떤 글은 길게 문장을 구사할 수밖에 없을 때가 있고, 어떤 글은 짧게 빠른 속도로 문장을 구사해야 의미가 살아나는 경우가 있다. 문장의 길이보다 더 중요한 것은 자기 사고의 특성에 맞게 자연스런 문장을 쓰는 일이다. 대체로 쓰려는 내용을 충분히 이해하고 있으면 자연스런 문장이 나온다. 문장을 잘 쓰기 위해서는 쓰려는 내용을 충분히 이해하는 일이 우선이다.

또한 문장을 자연스럽게 쓰기 위해서는 우리말 문장 구조에 익숙해야 한다. 우리는 어디까지나 우리말 문장 구조를 바탕으로 생각하고 글을 쓴다. 따라서 우리말 문장 구조에 어울리지 않는 글을 쓸 때 자연스럽지 못한 글이 나온다. 이는 단순히 외국어식 표현을 문제 삼는 것이 아니다. 더 큰 문제는 우리말 문장 구조의 자연스런 특성을 무시하고 일방적으로 간결한 표현만을 추구하려는 데서 비롯하는 잘못이다. 예를 들어 우리말에는 '이, 그, 저' 혹은 '이런, 저런' 등의 지시어와 '그래서, 그리고, 그러므로' 등의 접속부사가 발달해 있다. 또한 우리말은 부사어와 관형어를 써서 문장에서 수식 기능을 한다. 그런데 문장을 간결하게 쓴다면서 일부러 이것들을 쓰지 않으면 의미 전달을 제대로 못할 수도 있다. 뿐만 아니라 우리말은 안은문장과 이어진 문장으로 겹문장을 풍부하게 구사하는데, 문장이 길어진다는 이유로 이를 의도적으로 사용하지 않는 것도 문제다. 왜냐하면 홑문장을 연속해서 배열하는 경우와 겹문장을 사용해서 표현하는 경우 그 의미가 서로 달라지기 때문이다. '하늘에는 태양이 빛난다. 들에는 메마른 바람이 분다'와 '하늘에는 태양이 빛나지만 들에는 메마른 바람이 분다'는 느낌과 의미가 다르다.

의사소통 도구로서의 문장

문장이 의사소통의 도구로서 갖추어야 할 조건은 이보다는 좀 더 다양하다. 어떤 목적으로, 누구를 대상으로, 어떤 글을 쓸 것이냐에 따라 문장이 달라지고, 표현의 효과를 살리면서도 어법에 맞는 정확한 문장을 구사해야 하기 때문이다. 예를 들어 설득하는 글을 쓸 때와 설명하는 글을 쓸 때 문장이 달라진다. 설득하는 글은 '~해야 한다', '마땅히' 등과 같은 당위적이거나 단정적인 표현이 많이 나오지만, 설명하는 글은 그렇지 않다. 사실을 전달하는 '~이다'와 같은 투의 문장을 많이 쓴다. 또 대학생을 상대로 할 때와 초등학생을 상대로 할 때,

전문가를 독자로 하느냐, 일반인을 독자로 하느냐에 따라 당연히 문장이 달라진다. 예를 들어 '핵에너지의 장단점'을 설명하는 글도 누구를 대상으로 하느냐에 따라 용어가 달라진다. 그리고 문학적인 글을 쓸 때와 논문처럼 최대한 수사적인 표현을 피해야 하는 글을 쓸 때 역시 문장 쓰기가 달라진다. 문학적인 글은 이해보다는 정서나 감정 등 주관적인 특성을 중시하며 표현의 효과를 살리기 위해 노력해야 하지만, 논문은 도리어 이를 피해야 한다. 따라서 쓰려는 글이 어떤 조건을 충족시켜야 하는지를 고려해서 자신의 문장을 구사해야 한다.

문장 표현을 바꿀 때는 어떤 식으로든지 의미 변화가 생기므로 의미 왜곡이 생기지 않았는지 면밀히 살펴야 한다. 따라서 문장을 고치기 전에 먼저 자기가 전달하려고 하는 내용을 분명히 정리해야 한다. 이는 어법에 맞지 않는 문장을 바로잡을 때에도 적용된다. 어법에 맞지 않는 문장은 글쓴이가 어법을 잘 알지 못해서이기도 하지만, 자기가 쓰려는 내용을 명확히 이해하지 못해서인 경우가 더 많다. 문장이 거칠게 전개되는 경우 또한 마찬가지다. 문장의 전개는 의미의 전개이다. 그러므로 글 쓰는 사람이 쓰려는 내용을 정확히 이해한 뒤 자연스럽게 풀어가지 못할 때 거친 문장이 나온다.

자연스럽게 흘러가는 우리말 문장

우리말 문장은 자연스럽게 흘러가는 성격을 갖고 있다. 영어처럼 뭉쳐 다니지 않는다. '우리의 이번 목표 달성은 수해의 발생으로 인해 어렵게 되었다'처럼 쓰지 않고 '우리가 이번에 달성하고자 했던 목표는 수해로 어렵게 되었다'와 같이 쓴다. 그러므로 다음도 자연스런 우리말 문장은 아니다. 우리가 영어식 문장에 익숙해져 자연스럽게 느낄 뿐이다. 다음과 같은 문장들은 그대로 영어로 직역할 수 있을 정도다.

"배의 침몰과 함께 선장과 선원, 승객 모두 사망했다. 침몰의 원인은 기관 고장에 있었다."

자연스러운 우리말 문장으로 바꾸면 어떻게 될까? 다음과 같이 바꾸면 된다.

"배가 침몰하면서 선장과 선원, 승객 모두 사망했다. 배는 기관 고장으로 침몰했다."

평상시 구어적인 상황을 세심하게 연구하면, 자연스런 우리말 문장을 쓸 수 있다. 우리는 말을 할 때 가장 자연스럽게 우리말 문장을 구사한다. 따라서 무엇이 자연스런 문장인가 혼란스러울 때는 '말로 표현하면 어떻게 될까'라고 생각해보는 것이 좋다.

또한 '물 흐르듯 자연스럽게 문장을 써라'라는 말은 하나의 문장만을 두고 하는 것은 아니다. 문장이 자연스럽게 이어지도록 쓰라는 말이다. 다시 말해 의미가 자연스럽게 전개되도록 글을 쓰라는 뜻이다.

투쟁
우리가 누굽니까? 우리는 우리가 아닙니까? 그깟 돈 몇 푼에 가족애가 흔들려서야 되겠습니까? 크아아아아아아!
국어를 못해서 그래요.
용돈 달라는 녀석이 말투 좀 봐라.

13장

문체의 유형과 개성

우리는 자연스러운 문체를 대할 때
깜짝 놀라며 한편으로 마음속으로 기뻐한다.
한 사람의 작가와 만날 것이라고 예상하고 있었는데
한 인간을 발견하게 되었기 때문이다.
— 파스칼

문체와 표현 효과

문자를 다루는 글은 색채나 소리를 다루는 매체들과 달리 직접적인 호소력이 떨어진다. 음악, 미술, 무용, 영화, 연극 등은 우리 감각에 호소하면서 충분히 현장성을 살리지만 글은 그렇게 하지 못한다. 문장으로 어떤 뜻과 느낌을 정확히 전달하는 일은 쉽지 않다. 그래서 우리는 문체를 연구한다.

문장은 어떤 목적으로 어떤 내용을 전개하느냐, 어떤 어휘를 주로 쓰느냐, 문장의 길이가 어떤가, 수사법을 적극적으로 활용하고 있는가, 말투를 어떻게 하느냐 등에 따라 달라진다. 글 쓰는 사람이 강하게 자기 견해를 주장하는 글이 있는가 하면 그렇지 않은 글이 있다. 한자어를 많이 쓰느냐, 고유어를 많이 쓰느냐에 따라서도 느낌이 달라진다. 한자어를 많이 쓰면 보다 정중하며 예스러운 분위기가 나고, 고유어를 많이 쓰면 평이하면서도 부드러운 느낌이 난다. 또한 "분수처럼 쏟아지는 푸른 종소리"와 같이 감각적인 어휘를 사용하는 문장과 추상적인 어휘를 사용하는 문장의 맛이 다르다. 뿐만 아니라 높임법이 발달한 우리 문장에서는 어떤 식으로 종결 표현을 쓰느냐에 따라서도 큰 차이가 생긴다.

이처럼 다양한 요인으로 나타나는 문체를 문장의 길이를 기준으로 할 때는 간결체와 만연체로 나누고, 글쓴이의 목소리에 얼마나 힘을 실었는가를 기준으로 할 때는 강건체와 우유체로 나눈다. 그리고 문장을 어떻게 꾸미는가를 기준으로 할 때는 건조체와 화려체로, 어떤 말투를 썼는가를 기준으로 할 때는 문어체와 구어체로 나눈다. 그러나 글쓰기를 시작하는 사람은 문체의 특성과 이름을 아는 것보다 문체의 장단점을 잘 살펴서 자신이 쓰려는 글의 표현 효과를 적극적으로 구현하는 태도가 중요하다.

간결체와 만연체, 강건체와 우유체

간결체는 문장을 짧게 끊어가고 겹문장 대신 홑문장을 선호하는 문체로, 문장의 호흡이 짧고 경쾌해서 선명한 인상을 남긴다. 반대로 만연체는 문장이 길게 이어지며 호흡이 길고 의미의 흐름이 천천히 진행된다. 간결체보다 깊고 그윽한 의미를 전달하는 데 유리하다. "봄이 왔다. 햇살이 따스하다. 여기저기서 새소리가 들린다. 창을 연다. 하늘이 푸르고 바람이 부드럽다. 밖으로 나가고 싶은 유혹을 느낀다. 이제 마음을 털어내고 싶다"처럼 쓸 때와 "봄이 와 햇살이 따스하고 여기저기서 새소리가 들린다. 창을 여니 하늘이 푸르고 바람이 부드러워 밖으로 나가 마음을 털어내고 싶은 유혹을 느낀다"처럼 쓸 때의 차이다. 이런 차이는 물론 글의 목적에 따라 달라진다. 그러므로 자신이 쓰고자 하는 글의 성격을 잘 파악해서 적절하게 활용할 필요가 있다.

강건체는 굳세고 힘찬 느낌을 주는 문체이며, 우유체는 부드러운 느낌을 주는 문체다. 글 쓰는 이가 강하게 자기 주장을 내세울 것인지, 부드럽게 독자에게 속삭일 것인지에 따라 선택이 달라진다. 강건체는 보통 간결체와 많이 결합해 명령법, 설의법 등을 활용한 단정적인 말투를 많이 사용하는 편이다. "우리가 가자, 이를 악물고 주먹을 쥐고 가자. 넘어지고 엎어져도 굴복하지 말자. 우리가 누구인가? 그렇다, 우리는 우리가 아닌가?"처럼 쓴다. 우유체는 보통 문장의 길이와는 상관이 적고 내용의 전개 역시 평이하며 섬세한 편이다. 그래서 정감 있는 분위기를 만들지만 약간 여린 듯한 느낌을 준다. "저녁이면 이곳은 부드러운 황혼으로 덮인다. 그러면 집집이 창문을 닫고 등불을 켠다. 멀리서 푸른 어스름을 헤치고 별빛이 돋

듯이 한 집 한 집 작은 삶의 심지를 돋운다. 그러면 항구 저편에서는 출렁이던 물결마저 잔잔히 숨을 고르는 것이다"처럼 쓴다.

건조체와 화려체, 문어체와 구어체

건조체와 화려체는 문장을 적극적으로 꾸미는가 아닌가로 갈리는 문체다. 내용을 수식 없이 그대로 기술하는 것이 건조체고 각종 묘사와 수사를 다채롭게 구사하는 것이 화려체다. 건조체는 의미 내용을 오해 없이 전달해야 하는 논리적이고 이성적인 글에서 주로 사용하고, 화려체는 의미를 풍부하게 하는 문학적인 글에서 주로 사용한다. 지금 읽고 있는 이 글은 건조체에 가깝지만, "어느덧 한여름 그늘 아래 솟아나는 맑은 샘물처럼 그녀의 미소가 눈가에 번지고 있었다. 상큼한 바람이 푸른 들을 건너온 듯 그녀의 귀밑머리를 스치자 갑자기 그의 가슴이 쿵쿵거리며 뛰기 시작했다"라는 문장은 화려체에 가깝다. 화려체는 꾸밈이 지나치면 경박스러워져 도리어 전달력이 떨어질 수 있다. 그러므로 참신한 표현을 적절하게 구사하는 것이 중요하다.

문어체와 구어체는 글을 쓸 때 어떤 말을 쓸 것인가의 차이에서 갈린다. 주로 글을 쓸 때 사용하는 말을 쓰면 문어체고, 일상적인 말투를 활용해 글을 쓰면 구어체다. 지금 읽고 있는 이 글은 문어체로 쓰고 있지만, "문어체는 무엇인가? 뭘 말하는가? 여기, 여기서 문어는 글말이고 구어는 입말이다. 글말과 입말, 이 차이가 문체의 차이를 가져온다. 그래서 글말로 쓰면 문어체, 입말로 쓰면 구어체다. 그렇다. 그게 바로 차이다"처럼 쓰면 구어체라 할 수 있다. 일반적으로 구어체는 문학적인 글에 많이 쓰는 편이다. 문어체는 정중한 느낌을 주지만 지루하며, 구어체는 생동감이 있지만 가벼운 느낌을 준다. 그리고 구어체는 읽는 사람의 부담을 줄여준다. 문학적인 글에서는 사투리 등을 활용해서 생동감과 함께 구체성을 함께 노리기도 한다.

문체와 개성

문체는 단순히 문장의 꾸밈을 가리키는 것이 아니다. 문체는 글쓴이의 사고와 글의 성격, 목적 등과 연관되어 있다. 즉 문체는 한 사람의 개성을 나타내는 표지이다. 그래서 글을 읽으면서 우리는 '아, 이 글은 누가 썼구나'라고 짐작할 수 있다. 예를 들어 니체의 철학책은 보통의 철학책과는 다른 말투로 쓰여 있다. 보통의 철학책이 명쾌함을 목표로 건조하면서도 논리적으로 쓰여 있다면, 니체는 오히려 비유적이고 감정이 실린 말투로 글을 쓴다. 철학을 서술하는 기존 방식의 한계를 돌파하기 위해 의도적으로 그렇게 쓴 것이다.

그리고 별 내용은 없지만 재미있는 글 역시 문체의 힘을 지니고 있다. 서사보다 화려한 장면으로 관객을 압도하는 할리우드 영화도 문체의 힘을 지닌다. 주의할 점은 표현의 효과만을 노리고 문장을 변화시키다가는 문체로서 성공하기 어렵다는 것이다. 어떤 효과를 노리든, 문체는 반드시 전달하려는 주제와 긴밀하게 관련을 맺어야 한다. 다음 글은 둘 다 화려한 문체를 자랑하지만, 하나는 부드러운 느낌을 주고 다른 하나는 힘찬 느낌을 준다. 글의 목적과 성격, 주제 등의 차이가 문체의 차이를 불러온 것이다. 다시 말해, 단지 표현 효과만을 노리고 쓴 글들이 아니라는 말이다.

수필은 청자연적이다. 수필은 난이요, 학이요, 청초하고 몸맵시 날렵한 여인이다. 수필은 그 여인이 걸어가는 숲속으로 난 평탄하고 고요한 길이다. 수필은 가로수 늘어진 페이브먼트가 될 수도 있다. 그러나 그 길은 깨끗하고 사람이 적게 다니는 주택가에 있다.

수필은 청춘의 글은 아니요, 서른여섯 살 중년 고개를 넘어선 사람의 글이며, 정열이나 심오한 지성을 내포한 문학이 아니요, 그저 수필가가 쓴 단순한 글이다.

수필은 흥미는 주지마는 읽는 사람을 흥분시키지는 아니한다. 수필은 마음의 산책이다. 그 속에는 인생의 향취와 여운이 숨어 있는 것이다.

수필의 색깔은 황홀 찬란하거나 진하지 아니하며, 검거나 희지 않고 퇴락해 추하지 않고, 언제나 온아우미하다. 수필의 빛은 비둘기빛이거나 진주빛이다. 수필이 비단이라면 번쩍거리지 않는 바탕에 약간의 무늬가 있는 것이다. 그 무늬는 읽는 사람의 얼굴에 미소를 띠게 한다.

— 피천득, 〈수필〉에서

청춘! 이는 듣기만 해도 가슴이 설레는 말이다. 청춘! 너의 두 손을 가슴에 대고, 물방아 같은 심장의 고동을 들어보라. 청춘의 피는 끓는다. 끓는 피에 뛰노는 심장은 거선의 기관같이 힘 있다. 이것이다. 인류의 역사를 꾸며 내려온 동력은 바로 이것이다. 이성은 투명하되 얼음과 같으며, 지혜는 날카로우나 갑 속에 든 칼이다. 청춘의 끓는 피가 아니더면, 인간이 얼마나 쓸쓸하랴? 얼음에 싸인 만물은 죽음이 있을 뿐이다.

그들에게 생명을 불어넣는 것은 따뜻한 봄바람이다. 풀밭에 속잎 나고, 가지에 싹이 트고, 꽃 피고 새 우는 봄날의 천지는 얼마나 기쁘며, 얼마나 아름다우냐? 이것을 얼음 속에서 불러내는 것이 따뜻한 봄바람이다. 인생에 따뜻한 봄바람을 불어 보내는 것은 청춘의 끓는 피다. 청춘의 피가 뜨거운지라, 인간의 동산에는 사랑의 풀이 돋고, 이상의 꽃이 피고, 희망의 놀이 뜨고, 열락의 새가 운다.

— 민태원, 〈청춘예찬〉에서

첫 번째는 수필의 성격을 설명하는 글이다. 수필이란 담담하게 인생을 이야기하는 글임을 말하기 위해 글쓴이는 다양한 수사를 동원하면서도 말투 자체를 차분하게 이끌어간다. 문장의 호흡이 경쾌한 듯하면서도 산책하듯 숨을 고른다. 이에 비해 두 번째 글은 약동하는 청춘을 예찬하는 글로서, 표현에 힘이 넘치고 문장의 호흡 역시 청춘의 약동하는 힘을 느끼게 할 정도로 박력 있다. 그리고 단정적인 표현을 사용해 말투에서도 단호한 느낌을 살리고 있다.

글의 흐름에 따라 문장의 길이가 달라진다

다음에 나오는 두 개의 예시문은 문장의 길이가 글의 흐름과 어떤 관련을 맺는지를 보여준다.

정윤하가 또 울었다. 눈물 닦은 손수건으로 코를 풀고 또 눈물을 닦았다. 늘 같은 손수건이다. 지켜볼수록 더러운 애다. 차라리 휴지를 가지고 다녀라. 어쨌거나 본의 아니게 급하게 기도합니다. 얘가 나 불러서 여기 안 오게 해주세요. 나, 이 우중충한 교회 별로거든요. 게다가 요즘 운동 좀 합니다. 태어나서 처음으로 내가 하고 싶은 거 하는데, 골치 아픕니다. 얘 좀 어떻게 해주세요. 나이가 창창하니까 죽이지는 말고요. 믿습니다! 거룩하시고 전능하신 하나님 이름으로 기도 드리옵나이다. 아멘.

— 김려령, 《완득이》, 창비, 2014, 95쪽

저녁마다 그는 남포에 새 석유를 붓고 등피를 닦고 그리고 까마귀 소리를 들으면서 어둠을 기다리었다. 방 구석구석에서 밤의 신비가 소곤거려 나올 때 살며시 무릎을 꿇고 귀한

손님의 의관처럼 공손히 남포 갓을 들어올리고 불을 켜는 것이며 펄럭거리던 불방울이 가만히 자리 잡는 것을 보고야 아랫목으로 물러나 그제는 눕든지 앉든지 마음대로 하며 혼자 밤이 깊도록 무엇을 읽고 무얼 생각하고 무얼 쓰고 하는 것이다. 그래서 아침이면 늘 늦도록 자곤 했다. 어떤 날은 큰 사랑 뒤에 있는 우물에 올라가 세수를 하고 나면 산 너머로 오정 소리가 울려오기도 했다. 그러다가 이날은 무슨 무서운 꿈을 꾸고 그 서슬에 소스라쳐 깨어 보니 밤은 벌써 아니었다.

— 이태준, 〈까마귀〉, 《한국소설문학대계 20》, 동아출판사, 1996, 85쪽.

첫 번째는 고등학생인 완득이가 자기를 귀찮게 쫓아다니는 정윤하라는 같은 반 여학생이 교회에 나오지 않도록 해달라고 기도하는 대목이다. 이 소설에서 완득이는 생각이 깊지 않고 말보다 주먹이 먼저 나가는 성질 급한 남학생이다. 작가는 이 기도문에서 이런 완득이의 성격에 맞게 짧은 문장으로 끊어가며 글을 펼친다. 이에 비해 두 번째는 한적한 시골로 내려와 홀로 지내는 작가인 주인공의 쓸쓸한 심리를 묘사한 글이다. 저녁의 고즈넉한 분위기에 쓸쓸해지는 심리를 비교적 긴 호흡으로 이어가고 있다.

14장

수사법의 종류와 특성

한 조각의 말로도 핵심을 찌른다면
마치 적군이 탈진하기를 기다렸다가
그저 공격 신호만 보이고도 요새를 함락시키는 것과 같다.
— 연암 박지원

수사법

수사법에는 크게 비유법, 강조법, 변화법이 있다. 그러나 어떤 표현이 무엇에 속하느냐를 굳이 따질 필요는 없다. 의도하는 효과를 내기 위해 수사적 표현을 써야 할 자리에 정확하게 쓰는 것이 중요하다. 단지 멋을 부리기 위해 수사적 표현을 써서는 안 된다. 그렇게 표현해야 할 이유를 분명히 알고 있어야 한다.

문장이 노리는 표현의 효과를 얻기 위해서는 수사법을 적극 활용하는 것이 바람직하다. 예를 들어 김유정의 〈메밀꽃 필 무렵〉에 나오는 "밤중을 지난 무렵인지, 죽은 듯이 고요한 속에서 짐승 같은 달의 숨소리가 손에 잡힐 듯이 들리며, 콩포

위에서 쓰이지 않은 수사법은?

①직유 ②도치 ③은유 ④반어 ⑤풍유 ⑥영탄

기와 옥수수 잎새가 한층 달에 푸르게 젖었다"를 생각해보자. 이 표현을 그냥 "밤중을 지난 무렵인지 달은 고요하고, 콩포기와 옥수수 잎새가 달빛에 한층 푸르다"라고 했다면 어땠을까? 글쓰는 사람은 스스로 예문을 만들면서 수사법이 주는 표현 효과를 느끼는 것이 바람직하다.

비유법

비유법은 기본적으로 표현에 구체성을 부여하고 생동감을 주기 위해서 사용한다. 그렇게 함으로써 나타내기 어려운 미묘한 의미와 느낌을 전달할 수 있다.

직유 : 그는 사자처럼 용맹하다. 그녀는 꽃같이 예쁘다.

은유 : 그는 사자다. 그녀는 한 송이 꽃이다. 사람의 열매. 잠의 강물.

풍유 : 못된 송아지 엉덩이에서 뿔난다더니, 아주 고약한 놈이야.

중의 : 청산리 벽계수야 수이 감을 자랑 마라. 일도창해하면 다시 오기 어려우니, 명월이 만공산하니 쉬어간들 어떠리('벽계수'는 푸른 계곡물인 동시에 당시 왕실 종친인 벽계수를 가리키고, '명월'은 밝은 달과 함께 황진이 자신을 가리킨다).

대유 : 주먹이 운다. 젊은 피가 끓는다. 금수저라고 은수저 무

시하냐? 우리의 하얀 날개가 창공을 가르며 날아간다('주먹'은 분노를, '피'는 열정을, '금수저' '은수저'는 지위나 신분을, '날개'는 비행기를 나타낸다).

상징 : 태극기(우리나라), 십자가(기독교). 한 송이 국화꽃을 피우기 위해 봄부터 소쩍새는 그렇게 울었나 보다('국화꽃'은 생명 혹은 성숙한 정신 등을 상징한다).

의인 : 고양이가 내게 말을 건다. 시냇물이 즐거이 노래하며 흐른다.

활유 : 산이 뛰어가다 말고 문득 멈추어 섰다. 파도가 내게 소리치며 달려온다.

의성 : 갉작갉작 생쥐가 벽을 긁는다. 후드득 빗방울이 떨어진다.

의태 : 하늘하늘 꽃잎이 진다. 넘실넘실 흐르는 강물.

직유는 보통 '~처럼, ~듯이, ~같이, ~양'과 같은 관계사와 더불어 쓰이고, 은유는 원관념과 보조관념을 직접 연결한다. 직유에서 '그는 사자처럼 용맹하다'를 은유에서는 '그는 사자다'로 표현한다. 이처럼 은유는 직유보다 의미 범위가 더 포괄적이고 함축적이다. 직유가 직접 '용맹'이라는 핵심적인 의미를 드러낸다면, 은유는 이를 감춘다. 아무 설명 없이 '그는 사자다'와 같이 '그'와 '사자'를 맞대응시킴으로써 상투적인 의미의 벽을 뛰어넘어 독자의 머릿속에 뚜렷한 인상을 남기고 연상의 폭을 넓힌다.

풍유와 중의는 보통 간접적으로 의도를 전달할 때 많이 쓴다. 직접 언급하기보다 돌려 말함으로써 듣는 이의 저항을 약화하고 의미의 폭을 넓힌다. 풍유는 속담, 금언 등을 주로 활용해서 전달하려는 의미에 생동감을 준다. '못된 송아지 엉덩이에서 뿔난다'처럼 '고약하다'는 의미에 구체성을 부여한다. 중의는 표면적 의미와 이면적 의미를 동시에 전달함으로써 표현에 활기를 불어넣는다. '청산리 벽계수야 수이 감을 자랑 마라'에서 '벽계수'는 표면적으로는 계곡물이지만 이면적으로는 사람을 가리킨다.

대유와 상징은 전달하려는 본래의 의미가 겉으로 드러나지 않는다. 대유는 글자 그대로 대신해 나타낸다는 뜻이다. 간접적으로 말하기의 일종이다. 일반적으로 속성, 소유물, 부분 등으로 원관념을 대신한다. 이런 대유법 역시 표현에 구체성을 부여함으로써 생동감을 주는 데 목적이 있다. 정말 화가 나서 상대방을 때리고 싶을 때 '주먹이 운다'라고 말함으로써 훨씬 더 효과적으로 마음을 전달할 수 있다. 또 신분상의 차이를 '금수저'와 '은수저'라는 소유물로 대신 나타냄으로써 인상을 구체화한다. 상징은 애초에 추상적인 의미를 구체적인 것으로 대신하면서 발달한 표현법이다. 상징은 다른 비유보다 훨씬 강력하게 의미를 응집시키며, 마치 그것이 전달하려는 원관념의 대리인처럼 행동한다. '사랑'이라는 말 대신에 '하트' 모양을 그리는 것이 대표적이다.

의인과 활유는 보통 전달하려는 사물을 친근한 것으로 바꾸어 표현함으로써 효과를 거둔다. 의인화는 사물을 사람처럼 표현함으로써 사물에 감정이입하고 사물을 다시 생각하는 효과를 거둔다. 개발로 산을 마구 파헤칠 때 '산이 아파서 눈물을 흘린다'라고 표현하면, 행위의 주체인 사람의 입장에서 이를 다시 생각해볼 여지가 생긴다. 활유는 무생물을 생물로 표현하는 것으로, 대상에 숨결을 불어넣음으로써 표현에 활기를 주고 무생물인 대상에 의미를 부여한다. '파도가 내게 소리치며 달려온다'를 '파도가 내게 거세게 밀려온다'와 비교해보자.

의성, 의태 역시 음성상징어를 활용해 표현에 생동감을 주는 방식이다. '갉작갉작 생쥐가 벽을 긁는다'에서 '갉작갉작'이란 말이 주는 표현 효과를 생각해보면, 의성어와 의태어를 활용해 표현에 활기를 불어넣을 수 있음을 알 수 있다.

강조법

강조법은 비유법에 비해 비교적 단순한 방식으로 표현이 이루어진다. 의미를 강조하는 여러 가지 방식을 동원하는데, 의미의 과장, 반복, 대비 등을 주로 쓴다.

과장 : 집채만한 호랑이, 산이 무너질 듯이 으르렁거린다.

미화 : 천사의 날개인 양 곱게 내려앉은 너의 두 눈썹.

영탄 : 아, 끝내 가버리고 마는구나! 우리가 분노하도다!

반복 : 오늘도 가고, 내일도 가고, 가고 가는 나의 삶이여.

점층 : 나의 집을 주고, 몸을 주고, 마음을 주고, 생명을 주마.

점강 : 너는 차츰 나의 생명에서, 마음에서, 몸에서, 생활에서 멀어져간다.

열거 : 시장에 참외, 수박, 오이, 딸기, 토마토가 막 쏟아져 나와.

대조 : 너는 웃고, 나는 운다. 주먹은 가깝고, 법은 멀다.

연쇄 : 화내면 슬프고, 슬프면 술이니, 술 마시면 또 생활은 어쩌니?

억양 : 얼굴은 고운데 마음은 독하네. 겉보기는 그런데 속은 꽉 찼네.

과장, 미화, 영탄은 기본적으로 의미를 과장하는 데 초점이 있다. 과장은 '집채만한 호랑이'처럼 실제 이상으로 크게 내보이는 방식이고, 미화는 '천사의 날개인 양 곱게 내려앉은 너의 두 눈썹'처럼 실제보다 아름답게 꾸미는 것이다. 영탄은 '아, 끝내는 가버리고 마는구나!'처럼 감정을 과장해서 표현하는 방식이다. 이들은 모두 실제보다 과장하는 속성을 지닌다. 우리는 어떤 사물을 표현할 때 그것을 실제 이상으로 과장함으로써 그 의미를 인상 깊게 독자에게 각인시킬 수 있다.

반복, 점층, 점강, 연쇄, 열거는 기본적인 요소를 반복함으로써 의미를 강조하는 방식이다. 반복법은 '오늘도 가고, 내일도 가고, 가고 가는 나의 삶이여'에서 보듯 '가다'라는 핵심 요소를 반복함으로써 의미를 뚜렷하게 드러낸다. 점층법은 반복하면서 점점 더 핵심을 드러내는 방식이며, 점강법은 핵심에서 멀어지는 방식이다. '나의 집을 주고, 몸을 주고, 마음을 주고, 나의 생명을 주마'처럼 점층법을 사용함으로써 기대감을 높인다. 이에 비해 '너는 차츰 나의 생명에서, 마음에서, 몸에서, 생활에서 멀어져간다'처럼 점강법은 여운을 남기는 효과가 있다.

연쇄법은 '화내면 슬프고, 슬프면 술이니, 술 마시면 또 생활은 어쩌니?'처럼 앞 문장 꼬리가 다시 다음 문장 머리에서 반복됨으로써 인과적인 질서를 만든다. 이를 활용하면 연쇄 과정을 선명하게 보여줄 수 있다. 열거법은 '시장에 참외, 수박, 오이, 딸기, 토마토가 막 쏟아져 나와'처럼 동등한 자격을 지닌 사물을 늘어놓음으로써 반복과 변화의 묘미를 살린다.

대조와 억양은 둘 다 뚜렷한 대비를 통해 효과를 거두는 방식이다. 대조법은 서로 대립하는 것을 나란히 놓는 것이고, 억양은 상승과 하강을 대비하는 방식이다. '주먹은 가깝고 법은 멀다'처럼 대조는 두 개의 서로 대조되는 것의 속성을 간단명료하게 전달함으로써 복합적인 의미를 만든다. 단순히 '주먹이 가깝다'와 '법이 멀다'가 아니고, 이 둘 사이의 연관 관계에 주목하게 만든다. '너는 웃고, 나는 운다'도 마찬가지다. 억양법은 올렸다 내리거나 그 반대로 표현하는 방식인데, '얼굴은 고운데 마음은 독하네'처럼 나중 것을 강조하기 위한 방식이다. 이렇게 표현함으로써 뒤에 오는 말이 지니는 함축적인 의미를 앞말과의 연관 속에서 강화한다.

변화법

변화법은 표현의 변화를 통해 문장에 생기를 불어넣는다. 다양한 목적에 따라 표현 방식을 달리한다. 단순히 의미를 강조하는 것부터 새로운 의미를 전달하기 위해 쓰는 것까지 다양하다.

설의 : 어찌 목숨을 아까워하겠는가? 어찌 적에게 항복하겠는가?
도치 : 가는구나, 나의 사랑이. 밥을, 너는 먹는 거니?
대구 : 새가 울고, 꽃이 핀다. 하늘은 맑고, 대지는 부드럽다.
반어 : 이렇게 늘 속을 썩이니, 참 효자다, 효자야.
역설 : 아름답고 슬픈 사랑이여. 화려하고 눈부신 실패여.
인용 : '펜은 칼보다 강하다'고 했다. '영웅은 눈물이 많다'고 한다.

명령 : 너의 분노가 저 산을 삼키도록 하라! 맨주먹으로 돌진
하라!
돈호 : 파도여, 그대는 나의 정열. 나비야, 청산 가자.

설의법은 평서문으로 전달해도 될 것을 의문 형식을 취한 것으로, 반대로 묻는 형식을 취함으로써 당연함의 뜻을 강조한다. '어찌 목숨을 아까워하겠는가?'는 '목숨이 아깝지 않다'는 뜻에 그것은 당연한 것 아니냐는 뜻을 얹어 강조하고 있다. 도치법은 '가는구나, 나의 사랑이'처럼 정상적인 어순을 바꿈으로써 중요한 의미를 강조하는 효과를 노린다. 대구법은 기본적으로 리듬감을 만들기 위해서 사용한다. 즉 두 개의 문장이나 어휘를 대응시켜 운율을 맞춘다. '앞으로 가자니 심심산골이요, 뒤로 가자니 바다로다'와 같이 서로 대응시키면서 장단을 맞추는 것이 대구법이다. 대구법은 대조법과 함께 쓰기도 한다. '이도령은 희희낙락 서울로 가지만, 춘향이는 울먹울먹 남원서 우는구나.'

반어법과 역설법은 둘 다 표현의 기법을 넘어 심오한 의미 전달을 위해서도 많이 쓴다. 반어법은 '이렇게 늘 속을 썩이니, 참 효자다, 효자야'의 '효자'에서 보듯 겉의 표현과 속의 의미가 충돌한다. 반어법은 기본적으로 문맥에 의해 결정된다. 보고 싶은 사람에게 '보고 싶어 죽겠어'는 반어적 표현이 아니지만, 보기 싫은 사람에게는 반어가 된다. 그러므로 반어는 문

맥을 고려해 사용한다. 반어법은 〈복녀〉, 〈운수 좋은 날〉, 〈화수분〉에서처럼 단순한 표현 기교를 넘어 겉과 속의 대립을 통해 삶의 진실을 전달하는 데 쓰기도 한다. 그런 점에서 역설법과 혼동하기도 한다.

그러나 역설법은 모순형용, 즉 표현 자체를 모순시켜 표현하며 전달 의미도 제3의 의미를 지향한다. '아름답고 슬픈 사랑이여'처럼 모순된 표현은 단지 아름답다거나 슬프다는 의미를 전달하는 데 목적이 있지 않다. 사랑이 지닌 모순적인 속성, 그리고 이것이 모두 포함된 어떤 의미를 전달하는 데 있다. 사랑은 아름답지만도 슬프지만도 않은 그 무엇이다. 예를 들어 어머니의 자식에 대한 사랑을 생각해보라. 어머니는 온갖 정성을 다해 자식을 키우지만, 그 사랑은 때로 외롭고 쓸쓸하다. 그것이 아름답고 슬픈 사랑이다. 갑돌이와 갑순이의 사랑 역시 마찬가지다. 둘은 서로 사랑했지만, 갑순이가 먼저 딴 남자에게 시집을 어쩔 수 없이 갔고 갑돌이 또한 화가 나서 다른 여자에게 장가를 들었다. 그렇지만 둘은 첫날밤에 달 보고 운다. 사랑에는 아름다움과 슬픔, 그리고 이 모든 것을 담는 그 어떤 의미가 있음을 '아름답고 슬픈 사랑이여'라는 역설적인 표현은 나타낸다.

인용법은 '펜은 칼보다 강하다'에서 보듯 다른 사람의 말이나 글귀 등을 인용함으로써 신뢰감을 주거나 그 의미를 강조한다. 명령법은 '너의 분노가 저 산을 삼키도록 하라!'처럼 명령의 형식을 취한다. 그럼으로써 강한 의지를 내보인다. 돈호법은 부르는 형식을 취해 대화의 분위기를 조성하는 방식이다. '파도여, 그대는 나의 정열'에서 보듯 '파도'를 부름으로써 현장감을 고조시킨다.

수사적인 표현을 쓰는 까닭

김소월의 〈진달래꽃〉에 나오는 "나 보기가 역겨워/ 가실 때에는/ 죽어도 아니 눈물 흘리오리다"라는 시구를 생각해보자. 이 구절은 반어법의 대표적인 사례로 많이 소개된다. 그런데 시인이 이를 단순히 수사적인 효과를 노려서 썼다고 할 수 있을까? 그렇지 않다. 이렇게 쓸 수밖에 없는 필연적인 이유가 있다. 내가 사랑하는 임이 내가 역겨워 떠날 때 그 임 앞에서 무어라 말해야 할까? 진정으로 사랑하는 사람이라면 떠나는 임에게 자기를 앞세우지 못한다. 마음은 당장 그 자리에서 죽고 싶겠지만 슬픔을 겉으로 드러낼 수도 없다. 그래서 죽어도 눈물을 흘리지 않겠다는 것이다. '역겹다'는 말이 무엇을 뜻하는가 생각해보자. 이 말은 보통 '생선 비린내가 나서 역겹다'처럼 쓴다. 누군가가 역겹다고 할 때에는 꼴 보기 싫고 구역질 난다란 말이다. 그런데 만일 자기가 사랑하는 사람에게서 그런 말을 들었다고 생각해보라. 완판본 《춘향전》에서는 남원 사는 춘향이가 이도령이 서울 간다는 말에도 머리 쥐어뜯어

산발하고 치마 찢고 하면서 발광을 했다. 그렇지만 자존심이 강한 사람은 그렇게 하지 못한다. 입술을 깨물고 이를 악물고 태연한 척한다. 그래서 죽어도 눈물을 흘리지 않겠다는 것이다. 이런 복합적인 심정을 전달하려다보니 '죽어도 아니 눈물 흘리오리다'라는 반어적인 표현이 나왔다.

수사적인 표현은 그렇게 써야 할 마땅한 이유가 있어야 한다. 그렇지 않고 단지 표현만을 위해 멋을 부린다면 도리어 표현의 효과를 살리지 못한다. "한 조각의 말로도 핵심을 찌른다면 마치 적군이 탈진하기를 기다렸다가 그저 공격 신호만 보이고도 요새를 함락시키는 것과 같다"라는 연암의 말은 그런 점에서 핵심을 잘 드러내고 있다.

수사적인 표현을 잘 살려 쓴 글

나는 그믐달을 몹시 사랑한다.

그믐달은 요염해 감히 손을 댈 수도 없고, 말을 붙일 수도 없이 깜찍하게 예쁜 계집 같은 달인 동시에 가슴이 저리고 쓰리도록 가련한 달이다.

서산 위에 잠깐 나타났다 숨어버리는 초생달은 세상을 후려 삼키려는 독부가 아니면 철모르는 처녀 같은 달이지마는, 그믐달은 세상의 갖은 풍상을 다 겪고, 나중에는 그 무슨 원한을 품고서 애처롭게 쓰러지는 원부와 같이 애절하고 애절한 맛이 있다.

보름에 둥근 달은 모든 영화와 끝없는 숭배를 받는 여왕과 같은 달이지마는, 그믐달은 애인을 잃고 쫓겨남을 당한 공주와 같은 달이다.

초생달이나 보름달은 보는 이가 많지마는, 그믐달은 보는 이가 적어 그만큼 외로운 달이다. 객창 한등에 정든 님 그리워 잠 못 들어 하는 분이나, 못 견디게 쓰린 가슴을 움켜잡은 무슨 한 있는 사람이 아니면, 그 달을 보아주는 이가 없을 것이다.

그는 고요한 꿈나라에서 평화롭게 잠든 세상을 저주하며, 홀로이 머리를 풀어뜨리고 우는 청상과 같은 달이다. 내 눈에는 초생달 빛은 따뜻한 황금빛에 날카로운 쇳소리가 나는 듯하고, 보름달은 치어다보면 하얀 얼굴이 언제든지 웃는 듯하지마는, 그믐달은 공중에서 번듯하는 날카로운 비수와 같이 푸른빛이 있어 보인다. 내가 한 있는 사람이 되어서 그러한지는 모르지마는, 내가 그 달을 많이 보고 또 보기를 원하지만, 그 달은 한 있는 사람만 보아 주는 것이 아니라, 늦게 돌아가는 술주정꾼과 노름하다 오줌 누러 나온 사람도 보고, 어떤 때는 도둑놈도 보는 것이다.

어떻든지, 그믐달은 가장 정 있는 사람이 보는 중에, 또는 가장 한 있는 사람이 보아주고, 또 가장 무정한 사람이 보는 동시에 가장 무서운 사람들이 많이 보아준다.

내가 만일 여자로 태어날 수 있다 하면, 그믐달 같은 여자로 태어나고 싶다.

— 나도향, 〈그믐달〉

간첩도 그렇게 국민이
대개 신고를 했듯이 우리
국민들 모두가 정부부터
해가지고 안전을 지키자는
그런 의식을 가지고,
신고 열심히 하고….
뭐래니?
몰라.

15장

어법에 맞는 문장 쓰기

> 아무리 간결한 문장이 중요할지라도
> 정해진 문법과 표현에 상처를 입혀서는 안 된다.
> 보잘것없는 찰과상일지라도 그 파장은
> 우리 세대가 감당할 수 없을 정도로 막강하다.
> — 쇼펜하우어

어법에 맞는 문장을 쓰기 위한 조건

표현 효과를 살리기 위해 문장을 다채롭게 쓰는 것은 좋지만 어법을 무시하는 것은 바람직하지 않다. 의미 전달에 문제가 생기기 때문이다. 따라서 반드시 그렇게 써야 할 이유가 없는 한 어법에 맞는 문장을 구사해야 한다. 평소 우리말 어법에 자신이 없는 사람은 무엇이 정확한 우리말 어법인지 관심을 기울여야 한다.

대체로 어법에 맞는 정확한 문장을 쓰기 위해서는 다음의 조건을 충족해야 한다. 첫째, 자신이 쓰려는 내용을 정확히 이해하고 있어야 한다. 그렇지 않을 경우 의미뿐만 아니라 어법상으로도 부정확한 문장이 양산된다. 둘째, 문법에 관한 지식이 정확해야 한다. 우리말 문법에 관한 지식이 부정확할 경우 문장이 어법에 맞는지 안 맞는지를 구별하지 못한다. 셋째, 어휘에 관한 지식이 정확해야 한다. 단어의 뜻을 잘못 알고 있을 경우에도 어법상 문제를 일으킬 수 있다. 넷째, 되도록 구체적으로 표현하려고 노력해야 한다. 표현이 추상적일수록 잘못된 문장이 나올 확률이 커진다. 문법적으로 중요한 몇 가지만 살펴보자.

주어와 술어 관계에서의 잘못

문장에서 반드시 갖추어야 할 것이 주어와 서술어다. 주어와 서술어가 갖춰지지 않을 경우 의미 전달에 혼란을 일으킬 수 있다. 표현 효과를 노리기 위해 주어나 서술어를 생략할 수도 있지만, 되도록 주술 관계를 정확히 함으로써 의미 전달에 문제가 생기지 않도록 하는 것이 좋다.

대체로 길게 이어지거나, 다양한 안긴문장이 들어가는 표현을 쓸 때 주어와 서술어의 관계가 잘못된 문장이 많이 나온다. 그렇다고 해서 홑문장만으로 글을 쓸 수는 없으니 되도록이면 불필요하게 긴 문장을 쓰지 않는 편이 좋다. 문장이 길어서 주어와 서술어의 관계가 의심스러울 때에는 확인해서 바로잡아야 한다. 이때에도 다른 문장과 잘 조화를 이루는지, 내용 전달에 문제가 없는지를 살펴야 한다. 예를 들어 '분명한 사실은 여러분이 스스로 글쓰기를 포기하지 않는 한 글쓰기 실력은 노력할수록 지속적으로 성장한다'라는 문장은 별 문제가 없어 보인다. 그러나 이 문장은 '분명한 사실은 (…) 성장한다는 점이다'처럼 써야 옳다. 반드시 주어와 서술어를 일대일로 대응시켜서 빠진 성분이 없는지를 확인해야 한다.

조사와 어미 사용의 잘못

우리말에서 조사와 어미는 문장의 의미 관계를 섬세하게 만드는 역할을 한다. 예를 들어 '그는 잠을 잔다'와 '그는 잠만 잔다'는 조사 한 글자 차이로 의미가 달라진다. 또 '내가 가고 네가 온다'와 '내가 가면 네가 온다'는 어미의 쓰임에서 의미가 달라진다. 그래서 조사와 어미를 잘못 사용하면 글의 섬세한 맛이 잘 살아나지 않을뿐더러 의미를 왜곡할 수도 있다. 평소 조사와 어미를 다양하게 사용하며 의미 효과를 연구해두는 것이 좋고, 조사와 어미의 쓰임에 자신이 없는 사람은 문법 공부를 해서 바로잡아야 한다. 여기에서는 주로 문제가 되는 점만을 간략하게 살펴보자.

조사의 경우 격조사나 접속조사의 쓰임에서는 크게 문제가 되지 않는다. 다만 '에, 에서, 에게, 로서, 로써' 등 부사격 조사의 쓰임에서 문제를 일으키는 경우가 있다. 예를 들어 '나는 군인으로써 의무를 다하고자 한다'나 '어제 꽃에게 물을 주었다'는 '나는 군인으로서 의무를 다하고자 한다'와 '어제 꽃에 물을 주었다'로 써야 한다. '~로써'는 수단과 방법을 나타내고 '~로서'는 의무나 자격을 나타내며, '~에게'는 '강아지에게 밥을 주었다'처럼 유정물에 쓴다. 그리고 '은/는, 만, 도, 부터, 까지, 조차, 마저' 같은 보조사는 문장의 의미를 바꾸기 때문에 쓰임에 주의가 필요하다. 예를 들어 '나도 모른다'와 '나조차 모른다'는 그 의미가 다르다. 보조사를 잘 활용하면 문장의 의미를 섬세하게 구사할 수 있는 장점이 있다.

어미의 경우 주로 연결어미의 쓰임에서 문제가 발생한다. '~하고, ~하니, ~하면, ~하더라도' 등은 무엇을 쓰느냐에 따라 접속의 의미가 달라진다. 예를 들어 '비가 오더라도 작업을 한다'와 '비가 오면 작업을 한다'는 어미 하나 차이지만 문장의 논리적인 연결이 완전히 달라진다. 또한 어미를 잘못 사용해서 문제가 되는 경우도 있다. 일상에서 자주 잘못 쓰는 경우가 '~던'과 '~든'이다. '그 일을 하던 말던 네 뜻대로 해라'는 잘못 쓴 경우다. 이때는 '~던'이 아니고 '~든'으로, 즉 '하든 말든'으로 써야 한다. '~든'은 선택을 나타내는 조사나 어미이고, '~던'은 과거의 회상을 의미하는 어미이다. 즉 '~던'은 '내가 살던 고향'처럼 쓴다.

문장을 접속할 때 생기는 잘못

비문은 문장을 접속할 때 가장 많이 생긴다. 그렇다고 해서 홑 문장이나 수식이 없는 문장만을 쓸 수는 없다. 그러면 의미가 왜곡돼 전체적으로 이해하기 어려운 글이 될 가능성이 높다. 따라서 의미의 연결에 주의하며 접속 문장을 써야 한다. 예를 들어 '그는 음식을 만드는 것이 이상하다'라는 문장은 '것이'를 '방식이'로 바꿔야 자연스러운데, 이는 의존명사를 무분별하게 사용한 경우다. 또 '그가 나를 미워하고, 나는 그로 인해서 늘 울적하다'는 연결어미를 잘못 사용한 경우로, '미워하고'가 아니고 '미워하니'로 해야 한다. 그리고 '이 배는 사람과 짐을 싣고 하루에 두 번 운행한다'라는 문장은 '사람과'를 '사람을 태우고'로 바꿔야 한다. '싣다'라는 서술어가 '사람'을 받지 못하기 때문이다. 하나의 서술어가 동시에 받을 수 없는 서로 다른 목적어 때문에 생긴 잘못이다.

만일 문장의 접속이 이상하다고 생각되면 우선은 문법적으로 무엇이 잘못인지를 따져보아야 한다. 그런 다음 자신이 전달하려는 내용을 정확히 정리하고 이해한 뒤 다시 써야 한다. 자신이 쓰려는 내용을 정확하게 이해하고 있어야만 잘못을 바로잡을 수 있기 때문이다. 그래도 문장의 접속이 자연스럽지 않으면 짤막한 문장으로 나누어야 한다. 물론 글의 흐름이 어색하지 않은지, 너무 짧아서 의미 전달이 방해 받지는 않는지 살피면서 말이다.

평소 습관을 잘 살피자

앞에서는 문장 쓰기에서 사람들이 공통적으로 범하는 잘못을 주로 설명했다. 그러나 이외에도 개인이 습관적으로 어떤 특정한 잘못을 저지르는 경우가 있다. 어떤 사람은 습관적으로 보조사를 많이 사용하고, 불필요한 수식으로 의미를 애매하게 만들기도 한다. 또 어떤 사람은 띄어쓰기에서 문제를 많이 일으키고, 외국어를 직역한 것 같은 문장을 쓴다. 부적절한 어휘를 자기도 모르게 사용하는 사람이 있는가 하면 문장을 지나치게 길게 쓰는 사람도 있다. 그러므로 자신이 주로 저지르는 잘못이 무엇인지를 알아두고 글을 쓰거나 마무리할 때 점검하는 태도가 필요하다.

문장의 의미가 애매해지는 때

문장의 의미가 애매해지는 경우는 크게 두 가지다. 하나는 처음부터 전달하려는 의미를 애매하게 쓴 경우고, 다른 하나는 문장 구조가 모호한 경우다. 전자는 쓰려는 내용을 정확히 이해하고 자기 글을 객관적으로 볼 수 있는 눈을 키워야 한다. 이를 위해 쓴 글을 시간을 두고 읽어보거나, 다른 사람에게 문장을 점검해달라고 부탁해야 한다. 후자는 어법상 발생하는 문제이므로 문법적 잘못을 알아야 하며, 문법에 자신이 없는 사람은 문법 공부를 해서 문제를 해결해야 한다.

예를 들어 '초청한 사람들이 다 오지 않았다'는 부정문에서 의미가 애매해진 경우다. '다'를 일부만 왔을 경우에는 '다는'으로, 모두 오지 않는 경우에는 '전부 다'와 같은 식으로 써야 한다. '귀여운 그녀의 고양이가 내 뺨을 할퀴었다'는 수식 관계에서 문제가 발생한 경우로 '귀여운'의 수식이 '그녀'인지 '고양이'인지를 분명히 해야 한다. '그녀의 귀여운 고양이가 내 뺨을 할퀴었다'처럼 써야 한다.

또한 '나는 어제 효숙이와 은수를 만났다'는 '나'가 '효숙과 은수'를 만난 것인지, 각각을 만난 것인지, 아니면 '나와 효숙'이 '은수'를 만난 것인지를 명확히 해야 한다. 예를 들어 '나와 효숙이는 어제 은수를 만났다'처럼 써야 한다. 그리고 '그는 아내보다 영화를 좋아한다'는 비교의 대상이 아내인지, 아니면 영화인지를 명확히 해야 한다. 예를 들어 '그는 영화를 아내가 좋아하는 것보다 더 좋아한다'와 같이 표현해야 한다.

16장

단락의 구성과 나누기

글쓰기는 끊임없이 목표를 설정하고
목표에 도달하기 위해 다양한 전략을 모색하며
현재 상황을 평가하는 과정이다.
— 린다 플라워

단락 형성의 원리

글은 문장에 문장이 꼬리를 물면서 끝없이 전개된다. 우리의 사고가 흘러가는 대로 문장도 흘러간다. 단락은 끊이지 않는 글의 흐름에 박자를 조절하는 행위다. 다시 말해 글의 흐름을 끊어내고 의미 단위들이 이루는 질서를 만드는 일이다. 그러므로 단락을 이해하려면 글이 어떤 식으로 의미를 전달하는지를 이해해야 한다. 글은 문장 단위가 아니고 단락 단위로 의미를 펼쳐 보인다. 글은 전체 글의 주제, 성격, 목적 등을 배경으로 해서 하부 단위에서 다시 단락으로 나뉜다.

글 쓰는 사람은 글을 쓰면서 끊임없이 글이 흘러가는 방향을 주시한다. 현재 쓰고 있는 내용이 충분한지, 글의 방향을

단락도 띄어쓰기가 중요합니다.

바꾸어도 좋은지, 다른 내용을 첨가해야 하는지 등을 검토한다. 그리고 하나로 묶어서 이야기해야 하는지, 아니면 둘 혹은 그 이상으로 나누어야 하는지 등을 헤아린다. 단락은 그렇게 만들어진다. 단락은 글 쓰는 이가 생각을 효과적으로 전달하기 위해 만들어내는 장치다. 또한 글을 쓰다보면 주의가 흐트러지게 마련이다. 주의가 흐트러지면 글이 엉뚱한 방향으로 나아가고 지나치게 길어진다. 단락은 이런 문제를 방지해서 독자의 부담을 덜고, 글쓴이의 의도를 정확히 전달하기 위한 글쓰기 전략이다.

그런 점에서 단락 쓰기는 상당히 중요하다. 단락쓰기를 할 줄 안다는 것은 글쓰기 과정에서 자신의 사고를 효과적으로 통제하는 능력이 있음을 뜻한다.

논리적인 글에서의 단락 구성

논리적인 글을 기준으로 할 때, 단락의 구성 원리는 일반적으로 세 가지다. 하나의 단락에는 하나의 주제문과 이를 뒷받침하는 내용이 있어야 한다는 완결성, 내용이 논리적이고 유기적이어야 한다는 논리적 일관성, 하나의 주제로 모아져야 한다는 통일성.

단락의 구성에서 흔히 범하는 잘못은 주제문을 뒷받침하는 내용을 제대로 쓰지 않거나, 내용이 통일적이지 못한 것을 한

단락으로 만드는 경우다. 단락을 쓰면서 주제에 집중하지 못해서이다. 지금 쓰고 있는 단락의 주제가 무엇인지 놓치면 안 되는데, 자기도 모르게 집중력이 흩뜨러지면서 이런 잘못이 생긴다. 또한 주제를 뒷받침하는 내용을 충분히 썼다고 생각하지만, 실제로는 주제문을 표현만 다르게 동어반복하는 경우도 생긴다. 따라서 주제에서 벗어나지는 않는지, 주제를 뒷받침하는 내용이 분명히 갖추어져 있는지를 늘 확인해야 한다.

그리고 단락 안의 논리적인 일관성을 유지하거나 단락과 단락 간의 논리적인 관계를 잘 풀어가기 위해서는 '이, 그, 저'나 '이런, 저런' 등의 지시어, '그러나, 그러므로, 그런데' 등의 접속부사, 글의 핵심어를 잘 활용해야 한다. 이런 요소들을 제대로 활용하지 못하면 글의 의미가 제대로 응집되지 못해 산만한 글이 된다.

한편, 단락의 구성 방식에는 주제문을 어디에 놓느냐에 따라 앞에 놓는 두괄식, 뒤에 놓는 미괄식, 가운데 놓는 중괄식, 앞뒤에 놓는 양괄식이 있다. 주제문의 위치는 글을 쓰면서 자연스럽게 결정되므로 일률적으로 정할 필요는 없다. 어디에 주제문을 놓는 것이 표현의 효과 면에서 좋을지 스스로 결정하면 된다.

단락 나누기는 생각의 크기를 적절하게 나누는 일이다. 단락은 논리적인 글에서는 주제문과 이를 뒷받침하는 내용으로 이루어진다. 그러나 논리적인 글이 아닌 글, 가령 문학적인 글에서는 표현 효과를 위해 단락을 자유롭게 나누어도 된다. 주제문과 뒷받침 내용이라는 틀에 얽매일 필요도 없다. 물론 논리적인 글이라도 표현의 효과를 위해서 적절하게 변화를 주어도 상관없다.

전반적으로 단락 나누기는 글을 쓰는 목적과 글의 성격 등 글쓴이의 의도에 따라 자유롭게 결정된다. 같은 내용을 한 단락으로 구성할 수도 있고 몇 개의 단락으로 나눌 수도 있다. 필요하면 한 문장으로 한 단락을 구성해도 상관없다. 그렇다고 무분별하게 나눠서는 안 되고, 글 쓰는 목적에 맞게 글의 흐름을 따라가며 자연스럽게 나누면 된다.

지나치게 단락을 무분별하게 나누는 것도 문제지만, 단락 나누기에 자신이 없다고 이른바 '통글'을 쓰는 것도 문제다. 하나의 글을 단락 구분 없이 쓴 것이 통글이다. 이런 통글은 읽는 사람을 피곤하게 만든다.

자연스럽게 단락을 나누며 쓴 글

나는 물을 보고 있다.

물은 아름답게 흘러간다.

흙 속에서 스며 나와 흙 위에 흐르는 물, 그러나 흙물이 아니요 정한 유리그릇에 담긴 듯 진공 같은 물, 그런 물이 풀잎을 스치며 조각돌에 잔물결을 일으키며 푸른 하늘 아래에 즐겁게 노래하며 흘러가고 있다.

물은 아름답다. 흐르는 모양, 흐르는 소리도 아름답거니와 생각하면, 이의 맑은 덕, 남의 더러움을 씻어는 줄지언정, 남을 더럽힐 줄 모르는 어진 덕이 이에게 있는 것이다. 이를 대할 때 얼마나 마음을 맑힐 수 있고 이를 사귈 때 얼마나 몸을 깨끗이 할 수 있는 것인가!

물을 보면 즐겁기도 하다. 이에겐 언제든지 커다란 즐거움이 있다. 여울을 만나 노래할 수 있는 것만 이의 즐거움은 아니다. 산과 산으로 가로막되 덤비는 일 없이 고요한 그대로 고이고 고이어 나중 날 넘쳐 흘러가는 그 유유무언의 낙관, 얼마나 큰 즐거움인가! 독에 퍼 넣으면 독 속에서, 땅 속 좁은 철관에 몰아넣으면 몰아넣는 그대로 능인

자안한다.

물은 성스럽다. 무심히 흐르되 어별이 이의 품속에 살고, 논, 밭, 과수원이 이 무심한 이로 인해 윤택하다.

물의 덕을 힘입지 않은 생물이 무엇인가!

아름다운 물, 기쁜 물, 고마운 물, 지자 노자는 일찍이 상선약수라 했다.

— 이태준, 〈물〉

유유무언(悠悠無言) : 유유한 가운데에 말이 없음.

철관(鐵管) : 쇠로 만든 파이프.

능인자안(能忍自安) : 잘 참아내어 스스로 편안함.

어별(魚鼈) : 물고기와 자라.

지자(智者) : 지혜로운 사람.

상선약수(上善若水) : 노자의 《도덕경》에 나오는 말로 '최상의 선은 물과 같다'는 뜻이다.

전설을 찾아서…
글쓰기 외길 인생

연필 깎을 칼 가는 데 10년

연필 깎는 데 10년

글 쓰시려면 백만 년은 사셔야….

17장

주제 잡기와 구성하기

글쓰기의 즐거움은 내가 무엇인가를 얻기 원하고,
어떻게 그것을 이룰 것인가에 대한 문제에 집중할 때에 찾아든다.
— 린다 플라워

준비 단계를 거쳐야 하는 까닭

글쓰기 과정은 크게 준비 단계와 실행 단계로 나뉜다. 준비 단계는 가주제의 설정에서부터 개요를 작성하는 구성까지이며, 실행 단계는 집필과 재구성(편집), 마무리이다. 이를 간단히 나타내면 다음과 같다.

> 가주제 설정 → 자료 수집 → 자료 정리 → 주제 확립
> → 개요 작성 → 초고 쓰기 → 재구성(편집)
> → 다시 쓰기 → 마무리(퇴고)

모든 글쓰기가 다 그런 것은 아니지만, 대체로 A4 한 장 분량

의 짧은 글을 쓰든 책을 한 권 만들든 이 같은 과정을 거친다.

우리가 글쓰기에서 준비 단계를 거쳐야 하는 까닭은 주제를 충분히 이해하고 표현하기 위해서이다. 우리는 준비 단계를 거침으로써 자신의 생각을 명확히 하고, 보다 깊게 글을 다듬을 수 있으며, 점차 자신의 계획이 구체화되는 것을 목격할 수 있다. 그리고 글이 차츰 형태를 갖추면서 무엇이 부족하고 불필요한지를 알게 된다. 다시 말해 글쓰기 준비 단계는 글쓰기에 구체성을 부여하고, 글의 의미 구조를 명확하게 세워 주제를 실현하게 해준다. 논리적인 글쓰기를 모델로 해서 설명해보자.

가주제의 설정

글쓰기 준비 단계는 가주제의 설정, 자료의 수집과 정리, 주제의 확립과 개요의 작성으로 크게 나뉜다. 물론 이런 단계 설정은 임의로 경계선을 확정한 것이다. 대체로 이렇게 진행되지만 반드시 순차적으로 진행되지는 않는다. 그보다는 이 과정이 여러 번 순환한다.

가주제의 설정은 글쓰기의 기본 방향을 제시하는 최초 단계다. 그래서 가주제를 설정할 때에는 '남녀 간의 사랑'보다는 '남녀 간의 사랑과 이별, 그리고 재회'처럼 자신의 생각을 구체적으로 표현하는 것이 좋다. 가주제가 글감의 수집 방향을 제시하기 때문이다. 흔히 가주제는 소재나 제재에 가깝다.

자료 수집

가주제를 설정한 다음에는 자료를 수집한다. 그러나 자료 수집 방향이 너무 광범위할 때에는 가주제의 핵심 개념을 중심으로 필요한 질문지를 만들고 이에 답변하는 방식으로 자료 수집의 범위를 구체화할 필요가 있다. 이치에 맞지 않아도 좋으니까 떠오르는 대로 질문을 적고 그 다음에 정리하는 게 좋다(브레인스토밍). 인간의 두뇌는 문제 해결을 위해 움직이는 속성을 지니고 있어서, 전혀 엉뚱한 것처럼 보이는 질문도 차분하게 따져나가다보면 자신이 원하는 해결책이 될 수 있다.

글쓰기를 하는 사람 가운데 글쓰기 준비 단계를 건너뛰고 곧바로 글쓰기에 뛰어드는 사람이 있다. 그러나 어떤 글쓰기든 준비 단계를 소홀히 해서는 안 된다. 인간의 사고는 그다지 논리적이거나 체계적이지 않다. 그래서 준비 없이 글쓰기에 들어가면 얼마 못 가 난관에 봉착한다. 그러므로 글쓰기에서 자료 수집은 매우 중요하다. 다음 단계에서 주제를 확립하는데 꼭 필요할 뿐만 아니라, 글쓰기에 필요한 아이디어를 얻을 수 있다. 인간은 구체적인 자료가 있을 때 참신한 생각이나 표현이 떠오르게 마련이다. 그러므로 글쓰기에서 자료의 수집은 짧은 글이든 긴 글이든 꼭 거쳐야 하는 과정이다.

주제의 확립과 개요 작성

글감의 정리, 즉 자료 정리는 주제의 확립과 동시에 이루어진다. 우리는 자료를 정리하면서 생각이 분명해지고, 글쓰기 대상에 대해 의견이 명확해진다. 이것이 바로 주제이다. 주제는 글감을 정리하면서 내리는 최종적인 결론이다. 즉, 글 쓰는 이가 자료와 씨름하면서 만들어내는 의식의 산물이다. 그러므로 같은 자료를 가지고도 사람마다 다른 주제가 생길 수 있다.

그런 점에서 자료를 정리해 주제를 결정하는 일은 글의 구성과 불가분의 관계를 맺는다. 우리가 일반적으로 말하는 글의 구성은 모두 주제를 효과적으로 드러내기 위한 글의 조직을 가리킨다. 구성 방식이 먼저 존재하는 것이 아니라 주제를 효과적으로 드러내기 위해 구성이 갖추어진다. 구성은 쉽게 말하면 주제를 뒷받침하는 논리 구조이다. 만일 글의 구성을 고민하는 사람이 있다면 내가 지금 분명하게 주제를 이해하고 있는가를 자신에게 솔직히 캐물어야 한다. 따라서 일반적으로 소개하는 구성을 그대로 가져다 쓰면 안 된다. 그것은 어디까지나 참조 사항이다.

개요의 작성은 그렇게 만들어진 기본적인 구성에 변화를 주며 보다 효과적인 형식을 만들어가는 일이다. 그러므로 형식을 갖추어야 하는 글에서는 어쩔 수 없지만, 그 외에는 자기 글에 맞는 가장 자연스런 내용의 전개 형식을 스스로 만들어야 한다. 사실, 글쓰기에서 미리 확정된 개요의 형식 같은 것은 없다. 또한 개요의 구성은 단락 나누기처럼 글 전체의 주제, 목적, 성격 등에 따라 달라진다. 다만 단락이 작은 단위의 나누기라면, 개요의 구성은 좀 더 큰 단위의 나누기다. 이때 어디에서 분할하고 전환할 것인지는 의미의 흐름을 면밀하게 살피면서 결정해야 한다. 어떻게 나누어야 주제가 독자들에게 효과적으로 전달될까를 고민해야지, 편리하게 주어진 형식에 맞추어서는 안 된다. 따라서 단락 나누기와 마찬가지로 스스로 글 전체를 나누어보는 것이 필요하다. 개요 구성은 실천적인 차원에서 해결되는 문제이기 때문이다.

글쓰기 준비 단계의 사례

다음은 '글쓰기와 재능의 관계'를 가주제로 해서 자료의 수집, 주제의 확립, 기초 개요의 작성 과정을 단계적으로 보여주는 예시이다.

❶단계 — 브레인스토밍을 활용한 '글쓰기와 재능의 관계'에 대한 자료의 수집 :

글쓰기는 뭔가? 생각을 쓰는 일. 글은 언제부터 쓰기 시작했나? 초등학교? 유치원? 재능? 그런 것이 관련 있나? 재능 피아노. 난 글쓰기를 좋아함. 시가 좋음. 이런 것 왜 따져? 글이란 좋아서 쓴다. 어떤 때는 글쓰기 싫다. 특히 과제 내주는 글. 낙서처럼 쓰고 싶다. 일기 쓰듯. 글의 종류가 많다. 하늘의 별만큼 많다. 도대체 글쓰기가 하나로 묶을 수 있는 개념인가? 많이 읽는 것이 해결책이다. 아니다. 책 많이 읽는다고 다 글 잘 쓰지 않는다. 고양이, 개, 동물 글 없음. 사람 글과 말, 글쓰기 학원, 선생 등 있음. 배워야 함. 재능 없으면 글 못 씀? 갈고 닦으면 되는 일. 셰익스피어, 스티븐 킹, 작가, 신문기자, 재능을 인정받지 못해 자살한 작가, 소위 천재들, 글쓰기가 대체 왜 문제일까?

❷단계 — 1단계에서 수집한 자료를 질문 형식으로 정리 :
글쓰기란 무엇인가? 언제부터 글을 쓰기 시작했나? 글쓰기가 재능과 관련이 있는가? 글쓰기와 글의 종류는 무한한가? 글쓰기는 글 읽기와 관련이 있는가? 글쓰기는 훈련과 어떤 관계가 있는가? 글쓰기에 성공한 작가와 실패한 작가는? 글쓰기는 인간의 본질과 어떤 관련이 있는가? 글쓰기가 싫어질 때와 좋아질 때가 따로 있는가?

❸단계 — 2단계의 질문에 대한 답변으로 수집한 자료를 줄거리 형식으로 정리 :
남들보다 효과적으로 글쓰기를 하는 사람들이 있다. 또한 문학적인 글에서는 창의성이 남달리 돋보이는 작품을 쓰는 사

람이 있다. 그러나 이러한 점 역시 글쓰기 교육과 훈련을 통해서 나타난 결과이지, 재능에 의해 자연스럽게 결정되는 것이 아니다. 어려서부터 체계적인 교육을 받고 꾸준히 노력하는 사람이면 누구나 어느 수준 이상의 글을 쓸 수 있다. 또 훌륭한 글을 쓴 작가들을 보면 그 글을 쓰기까지 긴 습작 시대를 거치며 글쓰기 훈련을 해왔다는 것을 알 수 있다. 말하기처럼 글쓰기 역시 인간이면 누구나 지니고 있는 보편적인 능력을 활용한다. 그러므로 글쓰기는 재능보다 체계적인 교육과 그에 대한 관심, 그리고 꾸준한 노력과 준비에 의해 가능해진다.

❹단계 — 3단계의 줄거리에서 결론적으로 이끌어낸 주제와 개요 :

주제 : 글쓰기는 특별한 재능을 요구하지 않는다. 글쓰기는 재능보다 체계적인 관심과 교육, 그리고 꾸준한 준비와 노력으로 이루어진다.

기초 개요 :

①글쓰기에 특별한 재능이 요구된다는 주장 소개.

②글쓰기는 교육과 훈련으로 이루어진다는 의미로 반박.

③훌륭한 작가들 역시 습작 시대를 거치며 글쓰기 훈련을 했음.

④글쓰기는 특별한 재능을 요구하지 않음.

기초 개요 보강

가주제를 설정해서 자료를 수집하고 이를 정리해서 주제를 확립하면 기본적인 글의 개요를 얻을 수 있다. 짤막한 글은 이 정도만 있어도 쓸 수 있다. 그러나 긴 글은 개요를 뒷받침할 자료를 수집하고 논리적인 구성을 다듬는 등의 후속 절차가 필요하다. 논리적인 글쓰기에만 논리적인 구성을 다듬는 절차가 필요한 것은 아니다. 소설도 마찬가지다. 그렇지 않을 경우 설득력 있는 글을 쓰기가 쉽지 않다.

글쓰기에 특별한 재능이 필요할까?

글쓰기에 관한 한 이름 있는 작가가 있고, 오랜 세월 많은 사람들의 마음을 사로잡는 작품이 존재한다. 그렇게 보면 글쓰기는 특별한 재능을 지닌 사람만이 할 수 있는 일종의 기예 같다. 그러나 이런 생각은 옳지 않다. 글쓰기가 어떻게 가능하고, 불후의 명작이나 훌륭한 작가가 어떻게 탄생하는지를 제대로 살피지 않아서 생기는 오해다.

글쓰기는 말하기와 마찬가지로 인간의 보편적인 능력에 바탕을 두고 있다. 우리는 일상에서 늘 말을 하면서 지내기에 말하기를 글쓰기처럼 별난 것으로 생각하지 않는다. 물론 격식을 갖추어서 하는 말은 따로 연습을 해야 하지만, 글쓰기처럼 특별하게 여기지는 않는다. 글쓰기도 말하기처럼 일상적으로 관심을 기울이고 연습하면 누구나 자연스럽게 글을 쓸 수 있다. 그러므로 이 세상에 수많은 글과 책이 존재하는 것이다.

그리고 불후의 명작이나 훌륭한 작가들의 존재가 곧바로 '글쓰기는 특별한 재능을 요구한다'라는 명제를 증명하는 것도 아니다. 그것은 글쓰기 자체보다는 훌륭한 글을 쓰기 위한 조건의 문제다. 사실 뛰어난 작가들도 어려서부터 피나는 노력 끝에 훌륭한 작품을 쓰는 것이지, 재능이 있다고 저절로 그런 결과를 얻은 것은 아니다. 그러므로 중요한 것은 재능보다 글쓰기에 대한 관심과 실천적인 노력이라 할 수 있다.

18장

쓰기 단계에서의 실천 전략

알맞은 세부 사항에 주의를 기울이는 일은
삶의 근본적인 가르침이다.
그리고 그것이 글쓰기가 주는 바로 그 근본적인 가르침이다.
— 데릭 젠슨

쓰기의 전략

원고를 실제로 쓰는 일은 운동 경기에 비유할 수 있다. 우리는 경기에 들어가기 전에 경기 흐름을 지배하기 위한 전략과 전술을 짠다. 그러나 막상 경기가 시작되고 나면 예상치 못했던 변수의 등장으로 경기를 원하는 대로 진행하기 어렵다는 것을 깨닫는다. 글쓰기 역시 마찬가지다. 글쓰기는 만반의 준비를 해도 계획대로 진행되지 않는다. 주제를 충분히 이해하고 글쓰기에 들어간다고는 하지만, 실제로 우리가 어느 정도 이해했는지를 글을 쓰기 전에는 확인할 길이 없다. 그래서 글쓰기에 들어가서도 많은 변화가 일어난다.

그렇다 하더라도 글쓰기는 우선 준비한 개요를 따라 진행

두 줄 정도 썼는데,
아무래도 이번 생에 글쓰기는 틀린 거 같아.
주제도 맘에 안 들고 구성도….
느낌 아니까.
고작
두 줄
써 놓고….

하는 것이 바람직하다. 약간의 문제가 있다고 중도에 방향을 바꾸는 것은 그리 좋은 선택이 아니다. 일단 계획한 것을 중심으로 끝까지 글을 써나가야 한다. 왜냐하면 그렇게 계획을 완결지음으로써 전체적인 글의 균형을 잡을 수 있기 때문이다. 중간 중간 약간의 수정을 하고 세부적인 사항을 바꿀 수는 있겠지만, 전체적으로 완성을 해봐야 어느 부분이 준비가 잘 되어 있고 어느 부분이 부족한지를 파악할 수 있다.

초고를 어느 수준으로 써야 하는지에 대해서는 여러 주장이 있다. 자유롭게 쓰고 점차 원고 수준을 높여야 한다는 주장이 있는가 하면, 처음부터 정확하게 써야 한다는 주장도 있다. 사람마다의 작업 방식, 주제나 글의 성격, 목적 등에 따라 달라질 수는 있겠지만, 초고를 쓸 때에는 되도록 원고의 질을 높이는 것이 좋다. 그래야 글의 윤곽이 분명해지고 이후 진행되는 수정 작업의 기준을 확보할 수 있다.

주제를 구체화하기

글쓰기에 돌입하면 우리가 집중해야 할 일은 개요를 작성하면서 나눈 단위 안에서 글의 의미가 자연스럽게 풀려가도록 하는 것이다. 글 쓰는 사람이 직접 한 문장씩, 한 단락씩 써나가야 한다. 이것이 쓰기의 실제다. 이때 항상 염두에 두어야 할 것이 바로 분절된 단위 안에서의 주제다.

글을 쓸 때 우리의 머리에서는 수만 가지 생각이 오간다. 그렇기 때문에 현재 쓰고 있는 주제에 집중하지 않으면 글이 엉뚱한 방향으로 나아가며, 몸이 피곤해져 효과적으로 내용을 만들지 못한다. 또 준비가 충분하지 못한 곳에서는 글이 진척되지 않고 제자리걸음을 하기도 한다. 이런 어려움을 이겨내기 위해서는 고도의 집중력이 필요하다. 현재 쓰고 있는 글의 방향을 감지하고 주제를 향해 나아가는 의식의 흐름을 늘 유지해야 한다. 다시 말해 주제에 대한 집중이다. 그러면 준비가 제대로 되지 않은 부분도 돌파할 수 있는 힘이 생긴다.

쓰기 단계에서는 글 쓰는 환경도 중요한 전략적 요소로 받아들여야 한다. 어떤 환경에서, 어떤 방식으로 글을 쓰는 것이 효과적인가를 연구해야 한다. 대부분 우리는 이런저런 시행착오를 거치면서 어느 때 글이 잘 써지고 어떤 방식으로 작업해야 효과적인지를 파악한다. 글쓰기를 많이 하지 않은 초심자는 다음과 같은 점도 점검할 필요가 있다. 예를 들면 한 번 집중해서 글을 쓰고 나면 어느 정도의 휴식기를 가져야 하는지, 한밤중에 쓰는 것이 좋은지 아니면 카페 같은 노출된 환경이 도움이 되는지를 파악해야 한다. 또 참고 자료를 바로 곁에 놓고 확인하며 써야 잘 써지는 편인지, 나중에 확인해도 되는지 등도 생각할 수 있다.

또한 쓰기 단계에서는 글의 종류에 따라 그에 필요한 조건도 갖주어야 한다. 예를 들어 논문이나 정확한 설명을 요구하는 글에서는 주석을 달아야 할 위치, 사진이나 도표 등이 들어갈 자리를 미리 표시해두어야 한다.

재구성과 편집의 필요성

재구성과 편집은 원고를 쓰는 단계가 어느 정도 끝나면 글을 전체적으로 정비하는 작업이다. 그렇지만 실행 단계에서의 재구성은 전면적이라기보다는 대체로 부분적이다. 전면적으로 재구성하는 것 자체가 쉽지 않을 뿐더러, 그런 상황이면 글을 다시 써야 하기 때문이다. 만일 주제를 그대로 가져가면서 구성만을 바꾸고자 한다면, 좀 더 꼼꼼하게 주제가 구체화되는 의미의 흐름을 추적해야 한다.

또한 언제 재구성을 해야 하는가는 글쓰기의 진행 상황에 따라 달라진다. 대체로 어느 정도 쓰기가 완결된 이후에 하는 것이 좋지, 지나치게 엉성한 초고 상태에서 재구성하는 것은 의미가 없다. 원고가 적절하게 완성된 뒤라야 글의 의미 흐름에 알맞은 구성을 찾아내기 쉽다. 재구성을 할 때에는 문장이나 단락의 위치, 글의 순서가 바뀌는 일이 일어나기도 한다. 그럴 때에는 글이 제대로 흘러가는지 전체적으로 점검해야 한다.

편집은 독자가 글을 읽기 쉽게 하기 위한 조치이다. 편집은 재구성과 동시에 하기도 하고, 글이 일단락된 뒤에 하기도 한다. 실제로는 과정이 구별되지 않기도 한다. 편집에서는 기호나 약물의 조정과 통일, 글자의 크기나 문장의 길이, 단락의 나눔, 내용의 배치, 쪽 디자인 등이 관심의 대상이다. 필요하면 독자 수준에 맞게 전문적이거나 학술적인 용어를 풀고, 주석을 보강해야 한다. 그림이나 사진, 통계 자료가 필요한 곳은 그에 맞게 추가로 제시해야 한다.

글은 어디까지나 독자가 읽을 때 의미가 있다. 독자가 차분하게 독서에 집중할 수 있게 글 쓰는 사람은 글을 잘 매만져야 한다. 여러 번 고쳐 쓰는 단계를 거친 글이라도 구성이 엉성하거나 편집 상태가 좋지 않아 독자가 잘 읽지 못한다면 아무 소용이 없다. 그러므로 수고롭더라도 재구성이나 편집에 소홀해서는 안 된다.

마무리의 한계

글을 쓰고, 재구성과 편집을 하고, 다시 같은 과정을 몇 번씩 반복하면서 글은 완성 단계에 접어든다. 이때 원고를 다른 사람과 함께 검토하는 것이 좋다. 글쓰기의 계획부터 전 과정에서 다른 사람의 협력을 받을 수 있으면 좋겠지만 현실적으로 쉽지 않다. 본인만큼 자신이 쓴 글에 대해 확실히 아는 사람은 많지 않다. 따라서 다른 사람이 봐도 어느 정도 글의 계획이나 쓰임이 확실하게 윤곽이 잡힐 때 검토를 요청하는 것이 바람직하다. 물론 최종 선택을 하는 것은 자기 자신이다. 타인의 의견을 들어보는 것이 바람직하지만 어디까지나 원고의 최종 책임은 자신에게 있다.

그러나 초고가 완성된 뒤에 의견을 듣는 것과 최종 마무리를 앞두고 의견을 듣는 것은 성격이 다르다. 초고가 완성된 뒤에 듣는 의견은 글쓰기에 충분히 반영할 수 있지만, 마무리를 앞두고서는 그럴 수 없다. 따라서 마무리를 앞둔 단계에서는 자기 글의 목적 등을 감안해서 타인의 의견을 받아들이는 것이 좋다.

이렇게 원고의 최종적인 검토가 끝나면 마무리 작업에 들어간다. 마무리 단계에서는 전체적인 틀을 다시 짜기보다는 주로 어휘와 어법, 참고 문헌의 출전 등에 관심을 갖는다. 적절한 어휘의 쓰임은 문장의 의미를 정확히 전달하는 데 핵심적인 역할을 한다. 특히 개념어나 용어의 경우 신중히 선택해야 한다. 그리고 어법상의 문제는 어휘나 문장의 표현 이외에도 문법 문제를 살펴서 글의 품격이 떨어지지 않도록 해야 한다. 출처가 필요한 글에서는 출전과 참고 문헌을 확실히 밝혀야 한다.

화룡점정이 되지 못하는 마무리

글쓰기의 마지막 결실을 거두는 단계가 마무리다. 길고 힘들고 여러 가지 어려운 고비를 넘어 여기까지 이르렀다면 글쓰기는 성공했다고 해도 좋다. 글의 품격 여부를 떠나 글쓰기라는 과제에 도전하고 이를 성취해낸 것으로도 스스로에게 상을 줄 만하다. 조금만 더 힘을 내 마무리를 그야말로 잘 마무리해야 한다.

마무리에서 가장 중요한 작업은 어휘와 문장 살피기다. 어휘를 정확하게 썼는지, 애매하고 어법에 맞지 않는 문장은 없는지 살펴야 한다. 어휘를 부적절하게 쓰거나 문장을 잘못 쓰면 의미 전달에 문제가 생긴다. 그러므로 차분하게 최대한 객관적인 시각에서 어휘와 문장을 살펴야 한다.

글쓰기는 준비 단계에서 얼마나 철저하게 준비하느냐에 따라 원고의 질과 품격이 달라진다. 마무리로 가까이 갈수록 원고의 질을 높일 수 있는 가능성이 줄어든다. 대강 쓰고 나중에 고치면 된다는 식의 속편한 생각은 바람직하지 않다. 또 준비를 알뜰하게 할수록 생동감 있고 구체적인 글이 나온다. 글은 그냥 머리에서 쏟아지지 않고,

준비한 자료를 토대로 우리 머리에서 활성화되어 나온다. 쉽게 말해 준비 없이 뛰어들었다가는 '십 리도 못 가 발병 난다'. 따라서 마무리 작업에서 원고를 수정하는 일은 상당한 한계를 지닐 수밖에 없다. 글쓰기의 마무리 단계에서 화룡정점이란 없다.

5부

일상에서 꾸준히 글쓰기를 실천하자

글쓰기는 수작업과 같은 방식으로 진행된다. 수공예품 만들듯이 이루어지는 것이 글쓰기다. 무엇보다 실천적인 노력이 글쓰기에 필요하다. 역설적이지만 글쓰기를 실천해야 글쓰기가 가능해진다. 이론적으로 글쓰기가 무엇이라고 아는 것과 실제로 글쓰기를 하는 것은 차원이 다르다. 야구에 관한 지식을 많이 알고 있어도 저절로 야구 선수가 되지 못하는 이치와 같다. 그리스 철학자 아리스토텔레스는 미덕을 습득하기 위해서는 먼저 실천해야 한다고 했다. 실천은 좋은 습관이 들게 하며, 좋은 습관은 훌륭한 덕으로 우리 몸과 마음에 자리 잡는다. 글쓰기를 시작하는 사람은 글쓰기를 꾸준히 실천해야 한다. 글쓰기를 실천하면서 글쓰기에 필요한 요소들을 체득하고, 한 발 더 자신이 원하는 경지로 나아가야 한다.

셋이서 이렇게 한 차를 타고 가는 게 처음은 아니었지만, 어제 저녁은 조금 특별했다.
비장함마저 감돌았다.
"뭔가 큰일을 하러 가는 느낌이에요."
내가 말했다.
모두가 고개를 끄덕였다.
목적지에 도착해 자리를 잡았다.
우리는 곧 전투적으로 변할 것이다.

드디어 킹크랩이 나왔다.
마침 번역가의 전화가 울린다.
"얼른 받아."
나와 출판사 대표님은 전화를 받으러 나가는 번역가의 뒷모습을 보며 회심의 미소를 지었다.
"역시 우린 운이 좋은 거 같아요."

킹크랩 반 마리가 사라지고 나서야 자리로 돌아온 번역가는 입에서 불을 내뿜었다. 그러나 대표님과 나는 아랑곳 않고 지성인다운 대화에 심취 중이었다.
"평창 올림픽에 북한이 참여한다면서요?"
"그렇다네요."
먹을 복 없는 비운의 번역가는 우리의 대화에 끼기 위해 호시탐탐 기회를 노리고 있었다. 그리고 지금이 바로 기회였다.
"통일이 영어로 뭔지 알아요?"
번역가가 재빨리 대화에 끼어들었다.
"그걸 왜 우리한테 물어요?"
영어다, 영어…. 출판사 대표님과 나는 몹시 민감하게 반응하며 발끈했다. 하지만 내가 누군가. 희생의 아이콘이 아닌가. 나 하나 희생해서 이 위기를 모면할 수 있다면….

"유니온 아니니, 유니온."

"헐, 정말 유니온이라 생각하니?"
내 말에 번역가가 어이없는 표정을 지으며 되물었다.
하지만 그녀도 딱히 아는 것 같진 않았다. 알았으면 벌써 잘난 척을 했을 테니까.
잠시 난감한 침묵이 흘렀다. 영어 한마디에 어색해진 우리 사이.

하지만 三人之行必有我師라 했던가.
보다 못한 출판사 대표님이 말씀하셨다.

'원 코리아'
아닙니까?
참

19장

삶의 발자취를 따라 실천하는 글쓰기

미덕을 습득하기 위해서는 먼저 실천해봐야 한다.
예컨대 우리는 건축을 해봐야 건축가가 되고,
리라를 연주해봐야 리라 연주자가 된다.
— 아리스토텔레스

일상을 글로 쓰자

글쓰기는 실기와 같다. 꾸준히 글을 쓰다보면 실력이 는다. 물론 마음먹고 쓴다고 해서 긴 글이 저절로 써지지는 않는다. 긴 글쓰기는 충분히 준비해야 완주할 수 있다. 그렇지만 미리 준비한다고 해서 글이 자연스럽게 풀려나오는 것도 아니다. 글이 풀려나오는 이치는 또 다르다. 그 이치를 한 마디로 규정하기는 어렵지만, 차분하게 자기 할 말을 풀어내는 능력이라고 할 수 있다. 아무리 아는 것이 많고 할 말이 많아도 차분하게 풀어내는 능력이 부족한 사람은 자연스러운 글을 쓸 수 없다. 일상에서 꾸준히 글쓰기 활동에 참여해야 하는 까닭이 바로 여기에 있다. 우리는 일상에서의 글쓰기 실천을 통해 글을 자연스럽게 풀어내는 능력을 키울 수 있다.

글쓰기에 대해 이런저런 이야기를 나누다보면, 글쓰기는 준비가 다 되어야만 가능한 것으로 오해하는 사람들이 있다. 그러나 글쓰기도 여러 가지여서, 사전에 철저한 준비를 해야 하는 글쓰기가 있는 반면 그렇지 않은 글쓰기도 있다. 특히 자기 일상을 소재로 하는 글쓰기는 누구나 어렵지 않게 쓸 수 있다. 이러한 글쓰기는 필요조건이 이미 갖추어져 있어서, 글을 쓰겠다는 용기와 열정만 있으면 된다. 물론 글쓰기 전에 어느 정도의 구상과 정리는 있어야 하겠지만, 자연스럽게 생활 경험을 글감 삼아 쓸 수 있다.

아이들로 인해 정말 참기 힘든 상황이 되면 나는 가끔 조용히 교실 문을 열고 복도로 나갈 때가 있다. 일단 갈등 상황은 정면보다는 약간 비켜가는 것이 좋으니까.

"잠깐만요. 선생님이 잠깐만 교실을 나갔다가 오겠습니다."

라고 말하고 복도에 나가서 창밖으로 하늘을 내다보며

"나는 어른이다. 나는 어른이야. 저 교실 속에 있는…, 그래, 아이들이야. 아이들. 아이들이니까 그럴 수 있는 거야. 아이들이니까."

이렇게 목소리를 내어 이야기를 한다. 그리고 나 자신에게 물어본다.

"지금 상황에서 내가 할 수 있는 가장 현명한 것은? 가장 지혜로운 것은?"

답은 늘 하나다. 내가 행복해지도록 이 상황을 잘 풀어가는 것. 화를 무조건 참느냐고? 아니다. 그게 나를 행복하게 만들어 주는 방법은 절대 아니다. 화가 나면 화를 낼 때도 있어야 한다. 단, 화는 내되 성질을 부리지 않는다는 원칙은 지키려 노력하고 있다.

— 이영미, 《나는 대한민국의 행복한 교사다》, 도토리창고, 2015, 74~75쪽.

글쓴이가 자기의 생활 경험을 바탕으로 자연스럽게 쓴 글이다. 글쓴이는 교실에서 학생들을 가르치며 겪는 어려움을 어떻게 풀었는지를 솔직하게 말한다. 감정을 추스르기 위해 복도로 나가고, 복도에서 혼잣말을 하며 사태를 이성적으로 해결하기 위해 노력하는 모습을 숨김없이 드러낸다. 일상에서 삶의 발자취를 따라가며 쓰는 글은 이렇게 솔직하면 그만이지, 미리 준비를 해야 하는 것은 아니다. 또한 이 글에서처럼 어떤 형식을 갖출 필요도 없고, 어휘의 선택이나 문장의 길이, 단락 나누기 등도 크게 신경 쓸 필요가 없다.

나는 이 집을 짓는 데 든 정확한 건축 비용을 따져보았다. 모든 일을 나 스스로 했으니 노임은 제외했고, 사용한 자재에 대해서는 일반적인 시세로 계산했다. 자기 집의 건축 비용을 정확히 알고 있는 사람은 극히 드물고, 또 있다고 하더라도 갖가지 자재의 세목별 비용을 알고 있는 사람은 더욱 드물기 때문에 그 명세서를 적어보았다.

판자	8달러 3 1/2센트(대부분 판잣집 것임)
지붕과 벽에 쓴 헌 널빤지	4달러
욋가지	1달러 25센트
유리가 달린 헌 창문 2개	2달러 43센트
헌 벽돌 1,000개	4달러
석회 2통	2달러 40센트(값이 비싼 편임)
석회 솜	31센트(필요 이상의 분량임)
벽난로용 철제틀	15센트
못	3달러 90센트
돌쩌귀 및 나사못	14센트
빗장	10센트
백묵	1센트
운반비	1달러 40센트 (상당 부분 내가 등짐을 져서 날랐음)
합계	28달러 12 1/2센트

이것이 내가 사용한 자재의 전부이다. 단 내가 무단 정주자의 권리로서 집 주위에서 가져다 쓴 목재, 돌, 모래는 이 안에 포함되어 있지 않다. 나는 내 통나무집 바로 옆에 자그마한 헛간도 하나 지었는데, 집 짓고 남은 자재를 주로 썼다. 나는 콩코드의 큰 거리에 있는 어느 집보다 웅장하고 호사스러운 집을 하나 지을 생각이다. 그 집이 이 집만큼이나 나를 즐겁게 하고 건축 비용도 더 들지 않는다면 말이다.

— 헨리 데이비드 소로우, 강승영 옮김,《월든》, 은행나무, 2015, 79~80쪽.

헨리 데이비드 소로우의《월든》은 고전으로 널리 읽힌다.《월든》은 소로우가 미국 매사추세츠주 콩코드에 있는 월든 호숫가에서 지낸 2년 남짓의 생활상을 소개하고 있다. 자기 손으로 집 짓고, 농사짓고, 독서를 하며 진정한 자유인으로서의 삶을 실천한 결과물이다. 이 책은 문명에 지친 이들에게 영감과 용기, 그리고 열정을 불러일으켰다. 지금도 많은 관광객들이 월든 호숫가에 있는 소로우의 집을 방문한다.

인용한 글은 소로우가 집을 짓고 나서 계산한 비용을 주로 이야기한다. 집을 지으면서 한 일을 있는 그대로 솔직하게 쓰고 있다. 필요하면 표도 그려가며 자유롭게 자기의 생각을 쓴다. 이처럼 일상을 소재로 일상에서 실천할 수 있는 글쓰기는 누구나 부담 없이 할 수 있다.

글을 자연스럽게 쓰기 위해서는 먼저 쓰려는 내용을 충분히 알고 있어야 하며, 주제에 집중해서 떠오르는 생각을 하나하나 적어나가야 한다. 그런데 글을 많이 안 써본 사람들은 이런 과정을 힘들어 한다. 아무 생각이 나지 않아 그저 멍하니 앉아 있을 수밖에 없다고 하소연한다. 쓰려는 주제에 관해 충분히 알고 있지 못할 때에는 그럴 수 있다. 그렇지만 익숙하게 알고 있는 주제에 대해 쓸 때에도 이런 일이 생긴다면 문제다. 이러한 문제는 대체로 자신의 생각을 차분하게 풀어나가는 훈련이 부족해서 생긴다. 그런 훈련의 기회를 제공하는 것이 바로 일상에서 실천하는 글쓰기다. 우리는 잘 알고 있는 내용을 글로 쓰면서 차분하게 자기의 생각이 흘러나오는 상태를 경험하며, 글을 풀어간다는 것이 무엇인지를 배운다. 우리는 일상에서 실천하는 글쓰기를 통해 글쓰기에서 무엇보다 중요한 내면의 자유로움을 느낄 수 있다.

10월이 끝나갈 무렵의 어느 날 글쓰기 시간이었다. 글감을 찾다가 들에서 일하는 어른들을 보고 어머니께 편지를 써 보자고 했다. 이날 아이들이 쓴 편지에서 나는 모처럼 아이들이 깊이 감추었던 속마음을 읽어내곤 혼자 좋아라 했다. 한 마디로 행운을 얻은 셈이었다.

단풍이 들어가는 이 계절에 우리 때문에 단풍 구경도 못 가시는 어머니, 죄송합니다.

복자가 쓴 편지의 첫머리다. 날마다 운동장 너머로 일하는 분들을 보면서 나는 '일하느라 힘드시겠구나!' 생각했지, '남들 다 가는 단풍 구경도 못 가고 일만 하시는구나!'하는 생각만은 미처 떠올리지 못했다.

복자는 이렇게 이어나갔다.

지금은 눈만 뜨면 가을걷이 때문에 일 나가고, 밤잠도 제대로 이루지 못하면서 우리가 잘 크기만을 바라시는 어머니.

반에서 가장 키가 작아 꼬마라는 별명을 지니고 있는 복자, 그 애의 어디에서 이토록 힘 있는 말이 나올 수 있었을까?

복자가 한 다음 말을 더 따라가 보자.

학교에 가서 공부를 하고 점심을 먹을 때, 엄마의 손으로 담근 김치가 쥐포나 단무지보다 더 맛있었어요. 고무장갑을 끼지 않고 직접 손으로 담가 엄마 손때가 든 김치가 세상 누가 만든 것보다 맛있었어요.

끼니조차 제때에 챙겨 먹지 못하면서 가을일에 묻혀 지낼지라도, 복자 어머니야말로 이 세상에서 가장 행복한 분이겠다 싶었다.

— 임길택, 《나는 우는 것들을 사랑합니다》, 보리, 2004, 48~49쪽.

교사인 글쓴이가 초등학생이 쓴 편지를 인용하며 쓴 글로 일상적 삶을 소재로 하는 글쓰기가 어떤 깊이를 지닐 수 있는지를 보여준다. 글쓴이는 자기 생각이 가는 대로 편지글과 자기 글을 이어가면서 글을 쓰고 있다. 형식에 얽매이지 않으면서 진솔한 감정을 담아낸 글에서 삶의 깊이가 느껴진다.

우리는 말을 배우는 아이처럼 처음에는 서툴고 부족하지만 조금씩 글을 써나가면서 스스로 글쓰기를 익힌다. 부족한 글이라도 자꾸 쓰다보면 글쓰기가 즐거워지고 글 쓰는 힘이 자란다. 따라서 일기를 쓸 때에도 문장을 어떻게 써야 하나 고민할 필요가 없다. 그냥 생각나는 대로 쓰면 된다. 틀린 표현이 있으면 있는 대로, 내용이 길면 길고 짧으면 짧은 대로 쓰면 된다.

자기 내면을 정리하고 확인하는 즐거움

그렇지만 일상에서의 글쓰기가 단지 글쓰기를 실천한다는 의미만을 지니는 것은 아니다. 자기 내면을 정리하거나 확인하는 즐거움 또한 맛볼 수 있다.

반면 다이소는 1,000원으로 알뜰하게 살림하는 법을 알려주었다. 그곳은 1,000원에 살 수 있는 온갖 생활필수품이 즐비하다. 베트남이나 중국, 인도네시아 등지에서 물 건너온 제품을 아주 싼 가격에 살 수 있다. 원산지를 볼 때마다 나보다 훨씬 싼 임금을 받고 땀 뻘뻘 흘리면서 일하는 먼 나라의 노동자의 얼굴이 스치지만 눈을 질끈 감고 계산한다. 편의점과 다이소는 나의 삶을 지탱해주는 실질적인 지원군이다. 그것들이 없었다면 내 살림살이는 어땠을까? 상상이 안 간다. 이보다 더 나은 대안이 딱히 떠오르지 않는다. 시급이 더 오르지 않고, 물가가 하락되지 않는 한 난 '편의점'과 '다이소'를 벗어날 수 없을 것 같다. 이 두 곳은 내 삶의 필수 요소가 되어버렸다.

— 은유, 《글쓰기의 최전선》, 메멘토, 2016, 213~214쪽.

《글쓰기의 최전선》에 실린 강효주의 〈맥도날드 아르바이트 석 달의 기록〉의 일부다. 다이소와 편의점을 이용해야 겨우 생활을 유지할 수 있는 비정규직 저임금 노동자가 어쩔 수 없이 자기 감정마저 희생해야 하는 아픔을 그리고 있다. 이처럼 일상에서의 글쓰기는 자기 삶을 기록한다는 차원을 넘어 자기만의 감정과 느낌, 의미 등을 담아낼 수 있다.

글쓰기의 첫걸음은?

글쓰기의 첫걸음은 내 마음대로 쓰기다. 원고의 분량이나 내용을 걱정하지 말자. 형식이나 글의 종류를 따질 필요도 없다. 생활하면서 맺히는 생각을 써보고, 책을 읽다가 떠오른 생각을 써보자. 새로 알게 된 사실도 쓰자.

어떤 사람은 글을 쓰려고 하면 아무 생각이 안 난다고 하소연한다. 그런데 생각 없는 사람이 어디 있을까? 누구나 다 생각이 있다. 다만 지금 과제에 대한 생각이 안 떠오를 뿐이다. 평소 관심이 없던 주제에 대해 쓰라고 하면 어떻게 글을 쓰겠는가? 그렇지만 내가 내 맘대로 쓰는데 생각이 안 날 리 없다. 그런데도 안 난다면? 글쓰기보다 마음이 문제다. 왜 자기 생각을 표현하지 못하게 되었을까? 어린아이들은 정말 끈질기게 자기의 생각을 말한다. 그런 어린아이의 마음이 어디로 간 것일까?

사람은 나이 들수록 솔직한 표현을 잘 못한다. 솔직하게 표현하면 실제로 집이나 직장에서 소동이 일어날 수 있다. 머릿속 생각을 훤히 읽어내는 기계가 나온다면 이 세상은 아수라장이 될 것이다. 모든 사람이 야만인 소리를 듣고 인간관계는 파탄 나고 말 것이다. 그렇지만 이런 걱정 때문에 글쓰기에서 솔직한 생각을 자꾸 감추면 발전이 없다. 자기가 쓴 글을 읽으면서 자기 마음을 읽을 때 도리어 우리는 성장한다. 내 마음대로 쓰기는 마음에 맺혀 있는 에너지를 토해냄으로써 우리를 건강하게 한다.

20장

일상에서 풍부한 글감을 확보하자

누구나 즐겨 택하는 보편적인 주제는 피하고
당신 자신의 일상이 주는 주제를 택하십시오.
— 라이너 마리아 릴케

일상에 관심을 기울이자

라이너 마리아 릴케는《젊은 시인에게 보내는 편지에서》에서 "창조하는 자에게는 빈곤도 없으며, 그냥 지나쳐도 좋을 빈약한 장소"란 없다고 단언한다. 일상도 우리가 어떤 관심을 기울이느냐에 따라 다른 의미를 갖는다.

얼마 전에 매우 크고 건장한 황소 한 마리가 수레에 잔뜩 짐을 싣고 이곳에 들어왔습니다. 이 '끝동네'의 사람들은 '조용필과 위대한 탄생'이 왔을 때와는 사뭇 다른 관심으로 공장 앞이나 창문에 붙어서 열심히 바라보았습니다.

더운 코를 불면서 부지런히 걸어오는 황소가 우리에게 맨 먼

Nope!
기억 다 날 거 같죠?
안 나요.
돌아서면 다 까먹잖아요.
적어야 해요.
TV를 보다가도,
책을 읽다가도,
영화를 보다가도
떠오르는 게 있으면
무조건 적으세요.

저 안겨준 감동은 한 마디로 우람한 '역동(力動)'이었습니다. 꿈틀거리는 힘살과 묵중한 발걸음이 만드는 원시적 생명력은 분명 타이탄이나 8톤 덤프나 '위대한 탄생'에는 없는 '위대함'이었습니다. 야윈 마음에는 황소 한 마리의 활기도 보듬기에 버거워 가슴 벅찹니다.

그러나 황소가 일단 걸음을 멈추고 우뚝 서자 이제는 아까와는 전혀 다른 얼굴을 우리에게 보여줍니다. 그 우람한 역동 뒤의 어디메에 그런 엄청난 한이 숨어 있었던가. 물기 어린 눈빛, 굵어서 더욱 처연한 두 개의 뿔은, 먼저의 우렁차고 건강한 감동을 밀어내고 순식간에 가슴 밑바닥에서부터 잔잔한 슬픔의 앙금을 채워놓습니다.

— 신영복, 《감옥으로부터의 사색》, 돌베개, 2006, 210쪽.

글쓴이가 옥고를 치를 때 교도소에 들어온 황소를 보고 느낀 점을 쓴 글이다. 세상과 격리된 수인이 황소를 본 느낌을 담담하게 적고 있다. 황소는 처음에 부러움의 대상이었지만 이내 자기 연민의 대상으로 바뀐다. 짐수레를 끄는 황소에게서 약동하는 생명력을 억압당한 채 살아가는 슬픈 자기 모습을 보고 있는 것이다.

우리가 일상에서 글감에 대해 보이는 관심도 이와 다르지 않다. 그것은 익숙한 일상의 시각에서 벗어나 사물을 새롭게 보고, 그 의미를 탐색하는 일이다. 그러므로 일상에서 풍부한 글감을 확보하고자 하는 사람은 먼저 자기 시선부터 되돌아봐야 한다. '나는 얼마나 나를 둘러싸고 있는 사물들을 뜻깊게 보고 있는가? 나는 무슨 까닭으로 무심히 지나쳤을까? 나는 정말 아무 생각 없이 일상을 살고 있는 것은 아닐까?' 따위를 스스로에게 물어야 한다.

겨울 아침 나는 제법 장엄한 의식에 따라 내 방을 정돈하곤 했는데, 그것을 방해하는 것은 하녀의 목소리밖에 없었다. 채 블라인드도 올리지 않은 이른 시간에 나는 처음으로 난로의 문빗장을 옆으로 밀고 보온 선반 위에 올려진 사과의 상태를 확인했다. 하지만 사과향이 아직 거의 변하지 않은 경우가 많았다. 그러면 나는 거품이 이는 듯한 향기가 겨울날 아침의 작은 내 방안에 심지어 크리스마스이브의 트리에서 나는 것보다도 더 깊고 은은하게 퍼지는 것을 맡을 때까지 참고 기다렸다. 그러면 검게 그을린 따뜻한 과일, 막 여행에서 돌아온 가까운 지인처럼 여전히 친숙하지만 어딘지 모르게 변해버린 과일이 나를 기다리고 있었다. 그것은 난로의 열이라는 어두운 나라를 순회하는 여행으로, 그로부터 사과는 이날 하루가 나를 위해 준비해준 모든 것의 향기를 뽑아냈다. 따라서 내가 사과의 반짝거리는 뺨에 대고 손을 녹일 때마다 항상 한 입 베어 무는 것을 주저했던 것은 그리 이상한 일이 아니었다.

— 발터 벤야민, 조형준 옮김, 《베를린의 어린 시절》, 새물결, 2007.

100~101쪽.

이 글은 겨울날 아침에 일어나서 사과를 한 입 베어 물기 전까지의 일상을 소재로 하고 있다. 늘 있는 평범한 일과지만, 아이의 내면을 섬세하게 그리고 있다. 하녀의 목소리밖에 들리지 않는 고요한 시간, 아직 방안은 어둠에 잠겨 있고 아이는 난로 위의 보온 선반에서 사과를 하나 꺼내든다. 그리고는 난로의 열기가 더해진 사과 향을 맡으며 가만히 사과 알에 얼었던 손을 녹인다. 이것이 아이가 일어나서 한 행동의 전부다. 아이를 사로잡고 있는 것은 배고픔이 아니다. 난로의 열기가 더해진 따스한 사과의 향기다. 길고 어둔 겨울밤을 지나 아침을 맞이한 아이의 여린 마음을 따스하게 해주는 것은 바로 그 은은한 열기다. 아이에게는 그 열기가 허전해진 배를 채우는 것보다 더 마음을 끌었다. 그래서 아이는 항상 사과를 베어 물기를 주저했던 것이다.

이 글은 아이의 잠시 주저하는 몸짓에 어떤 의미가 담겨 있는지를 잘 보여준다. 이런 행위를 우리는 보통 별 생각 없이 넘어가는데, 글쓴이는 일상에 담긴 의미를 곰곰 들여다본다. 이렇듯 일상에는 우리가 미처 보지 못하는 의미가 숨어 있다.

평소에 늘 글감을 수집하자

"글은 머리에서 나오는 것이 아니라 자료에서 나온다." 정희모·이재성이 쓴《글쓰기의 전략》에 나오는 말로서 자료가 글쓰기에서 차지하는 비중을 단적으로 강조한다. 글쓰기에서 글감은 매우 중요하다. 글감이 없으면 어떤 글도 제대로 쓸 수 없지만, 글감이 풍부하면 없는 글도 생겨난다. 따라서 요리사가 평소에 식재료에 관심을 기울이듯이 글쓰기를 하는 사람은 글감에 관심을 가져야 한다.

> 연암의 철저한 기록 정신은 그의 글쓰기에서 매우 중요한 요소다. 그는 현실과 마주 대해서 얻은 깨달음을 꼼꼼하게 기록하는 습관이 있었다. 연암은 자연 사물을 관찰하다가 묘한 생각이 떠오르면 반드시 붓을 들어 써 두어, 잔글씨로 쓴 종잇조각이 상자에 가득 차곤 했다. 연암은 새로 깨달음을 얻으면 반드시 메모를 했다. 메모는 수많은 아이디어 중에서 쓸모 있다고 판단되는 점을 적어 두는 것이다. 연암은 사물을 관찰하다가 좋은 생각이 떠오르면 그 깨달음을 놓치지 않기 위해 수시로 메모하곤 했다.
>
> — 박수밀,《연암 박지원의 글 짓는 법》, 돌베개, 2013, 130쪽.

연암은 평상시에 자연 사물을 관찰하다가 떠오르는 생각이 있으면 반드시 기록했다. 그렇게 잔글씨로 적은 종잇조각이 상자에 가득 차곤 했다. 이렇게 모은 자료를 바탕으로 연암은 글을 썼다.《열하일기》도 여행 중에 기록한 글감을 바탕으로 쓴 것이다. 연암이 정조의 명령을 받고 쓴《과농소초》 또한 평상시 농업에 관한 책을 읽으면서 기록한 자료를 바탕으로 엮었다고 연암의 아들 박종채는 밝히고 있다. 말년에 양양부사를 끝으로 관직에서 물러났을 때 연암은 눈이 어두워 잔글씨를 알아볼 수 없어 상자에 모아놓은 종잇조각들을 버리면서 매우 애석해 했다.

> "웬늠으 잉어가 사람버덤 비싸다냐?"
>
> 내가 기가 막혀 두런거렸더니,
>
> "보통 것은 아닐러먼 그려. 뱉어낸벤또(베토벤)라나 뭬라나를 틀어주면 또 그 가락대루 따라서 허구, 차에코풀구싶어(차이코프스키)라나 뭬라나를 틀어주면 또 그 가락대루 따라서 허구, 좌우간 곡을 틀어주는 대루 못 추는 춤이 읎는 순전 딴따라 고기닝께. 물고기두 꼬랑지 흔들어서 먹구사는 물고기가 있다는 건 이번에 그 집에서 츰 봤구먼."
>
> — 이문구, 〈유자소전〉,《한국소설문학대계55》, 동아출판사, 1996, 542쪽.

〈유자소전〉은 화자인 '나'가 친구인 '유자(유재필)'의 삶을 이야기하는 소설이다. 제목이 암시하듯 '전'의 형식을 빌려서 유자의 일대기를 그리고 있다. 유자는 심성이 맑게 트인, 소박한 정의감을 지닌 인물이다. 인용한 부분은 그런 유자가 재벌 총수 집에서 운전기사로 일하면서 겪은 일이다. 총수가 비싸게 외국에서 들여온 비단잉어가 죽자 유자가 버리기 아깝다며 술안줏감으로 끓여 먹은 사건의 전말을 친구인 '나'에게 이야기하는 대목 가운데 하나다.

충청도 사투리로 엮어가는 구수한 솜씨에 재미를 더하는 것은 유자가 내뱉은 '밸어낸벤또(베토벤)', '차에코풀구싶어(차이코프스키)' 같은 어휘가 일으키는 익살이다. 이문구가 고향 사투리로 향토적인 정서를 살린 것은 당연한 일이지만, '밸어낸벤또', '차에코풀구싶어'와 같은 어휘는 소설가로서 평소에 지니고 있었던 남다른 관심의 산물이라 아니할 수 없다. 이런 글감에 대한 관심은 글을 생동감 있고 윤기 있게 만든다.

우리는 일상을 살아가면서 여러 가지 경험을 한다. 독서를 하고, 영화나 드라마를 보기도 한다. 사물에 관심을 기울이는 사람들은 관찰하고 사색한다. 이런 활동들은 앞서 말한 안목을 키우는 힘이 될 뿐만 아니라, 글감이 된다. 따라서 글쓰기를 시작하는 사람은 자기가 겪는 여러 가지 사건이나 경험, 책을 읽거나 영화, 드라마를 보면서 뽑아놓은 구절이나 느낀 점 등을 기록해두는 것이 좋다.

다양하게 글감을 모으자

일상에서 글감을 모으는 방법은 다양하다. 독서는 가장 대표적인 방법이다. 많은 작가들이 독서 경험을 바탕으로 해서 글을 쓴다. 그 외에도 물건을 수집하거나 기록하면서 글감을 모은다. 그리고 글감들이 모여 글이 되고 책이 된다. 앞서 소개한 신영복의 《감옥으로부터의 사색》은 옥중에서 보낸 편지 모음이다. 이 역시 책을 내기 위해 편지를 쓰고 모은 것이 아니다. 글쓰기를 위해 자료 모으는 것을 거창하게 생각할 필요는 없다. 주변에서 마주치는 사물이 모두 글감이 될 수 있다. 나무, 풀, 꽃, 새, 고양이, 강아지……. 자유롭게 대상에 대한 단편적인 정보라도 모으자. 그것이 시간이 지나면서 글감이 된다.

과학기술이 발달하면서 문자를 넘어 이미지 형태로 기록 방식이 확대되었다. 글 쓰는 사람에게는 매우 편리한 도구를 손에 넣게 된 셈이다. 사람들은 요리, 여행, 식물 키우기 따위를 사진이나 동영상으로 찍어 글과 함께 블로그나 페이스북에 올린다. 사진이나 동영상은 글감을 위한 자료 수집을 훨씬 편리하게 만들었다. 그러나 사진을 컴퓨터나 USB에 저장만 해둔다면 의미가 없다. 관심 분야를 정해 사진을 찍고 정리하는 작업을 할 때에라야 의미 있는 자료 수집이 된다.

글감은 노력에 비례한다

에디슨은 천재는 99퍼센트의 땀과 1퍼센트의 영감으로 만들어진다고 말한다. 노력과 영감의 관계를 정확하게 규정하기는 어렵지만, 영감이 아무런 노력을 하지 않는 사람에게 깃들지는 않는다. 천재에게 필요한 1퍼센트의 영감이야말로 치열한 노력이 이끌어낸 결과물이다. 글쓰기에서 글감의 중요성은 에디슨이 말하는 노력의 중요성에 맞먹는다. 글쓰기는 의지만으로 되지 않는다. 그런 경우 대개는 추상적인 착상 정도에 머물고 말기에 얼마 못 가 끝나버린다. 글쓰기를 하기 위해서는 구체적인 자료를 수집·정리하는 준비 단계가 필요하다.

보통 아이디어는 막연한 상황보다는 구체적인 상황에서 생겨난다. 우주복에도 쓰이는 벨크로테이프, 일명 '찍찍이'의 탄생 역시 구체적인 상황이 있었기에 가능했다. '찍찍이'는 게오르그 데 메스트랄이 어느 날 사냥에서 돌아와 개와 자신의 옷에 붙어 있는 산우엉가시를 자세히 관찰한 끝에 얻은 아이디어에서 출발했다. 이처럼 평소 글감을 모아놓으면 글에 대한 구체적인 아이디어를 얻을 수 있다.

이하윤은 〈메모광〉이라는 수필에서 "목욕이나 이발 시간같이 명상할 시간이 주어지면서도 연필과 종이가 허락되지 않는 때처럼 자기와 같은 메모광에게 있어서 부자유한 시간은 없다"라고 고백한다. 그는 아무 종이에나 닥치는 대로 메모를 하고, 이를 살피며, 떠오르는 생각을 놓치지 않기 위해 애쓴다. 또 애지중지하던 메모지를 찾기 위해 밤길을 걸어 친구 집으로 되돌아갔다 온 적도 있다. 요즘으로 치면 '메모덕후'다. 글쓰기를 시작하는 사람은 이런 모습을 눈여겨봐야 한다. 머리에 떠오르는 생각이나 일상에서 벌어지는 일을 다 기억할 수는 없는 노릇이니까!

너무 두려워요.
독자들이 어떻게 생각할지.
제 글 보고 엄청 비웃겠죠?
어머, 얘.
독자들, 니 글 안 봐.
볼 게 얼마나 많은데.
쓸 데 없는 걱정 말고
쓰기나 해.

21장

가까운 곳에서 좋은 독자를 구하자

얼굴을 마주하고 내가 쓴 글을
소리 내어 읽어주는 방식에는 특별한 힘이 있다.
소리 내어 읽는 것이 겁날 수도 있지만 그것은 필수다.
— 피터 엘보

사람은 자기 글의 약점을 잘 모른다

할레드 호세이니의 소설 《연을 쫓는 아이》에서 주인공 아미르는 친구 하산의 칭찬에 자극 받아 태어나서 처음으로 단편소설을 쓴다. 가난하지만 아내와 행복하게 살던 사내가 그만 탐욕에 눈이 멀어 끝내는 사랑하는 아내마저 살해한다는 이야기다. 아미르는 소설을 자랑하려고 아버지 바바에게 가지만, 남자다운 스포츠만을 중시하는 바바는 겉으로만 칭찬할 뿐 별다른 관심을 보이지 않는다. "그래, 잘했구나. 그렇지 않니?" 아미르는 매초가 영원처럼 느껴지고 단단한 벽돌을 들이마시는 것 같은 고통을 느낀다. 이런 그를 아버지의 친구 라힘 칸이 격려하고 용기를 북돋는다. 라힘 칸은 신이 특별한 재능을 주셨다는 편지를 아미르에게 보낸다. 나중에 아미르는 소설가의 길을 걷고 성공을 거둔다. 라힘 칸의 격려로 아미르의 재능이 빛을 발한 것이다.

글쓰기는 글쓴이의 내면을 기술한다는 점에서 자존감과 밀접히 연관되어 있다. 대개 사람들은 자기가 쓴 글이 좋은 평가를 받기를 원한다. 그래서 자기 글의 결점은 외면하고, 장점은 남이 알아주지 않는다고 한탄한다. 연암 박지원은 공작관문고 〈자서〉에서 글 쓰는 사람이 갖는 이런 약점을 귀울림, 즉 이명이 생긴 아이와 코를 심하게 골며 자는 시골 사람을 소재로 해서 재미있게 이야기한다. 어떤 아이가 마당에서 놀고 있는데 갑자기 귀에서 아름다운 소리가 들리자 이웃집 아이에게 들어보라고 했다. 하지만 이웃집 아이가 아무리 귀를 기울여도 듣지 못하자 그것을 매우 안타까워했다고 한다. 또 시골 사람 하나가 자면서 코를 심하게 골았다. 그 소리가 하도 시끄러워 들이쉴 때는 톱질하는 듯하고 내쉴 때는 돼지처럼 씩씩거렸다. 그런데 어떤 사람이 이를 일깨워주자 그런 일 없었다며 발끈 성을 내더라는 것이다. 글 쓰는 사람은 누구에게나 이러한 병이 있다. 일상에서 자기 글을 읽어줄 좋은 독자가 필요한 이유다.

글쓰기 문제를 전략적으로 접근하는 린다 플라워에 따르면 숙련된 필자나 전업작가 들은 일상적으로 다른 사람들의 비공식적인 협조에 힘입어 글을 쓴다. 엔지니어, 도시계획자, 화학자, 심리학자, 관리자, 의사소통 전문가 등의 87퍼센트가 다른 사람들과의 협업에 의지해서 글을 쓴다. 실제로《개미》,《뇌》,《타나토노트》를 쓴 베르나르 베르베르는 점심 식사를 함께하는 친구들에게 감사의 뜻을 표한 적이 있다. 그는 친구들의 이야기를 들으면서, 또 친구들이 자신의 이야기에 기울이는 관심에서 소재를 얻곤 한다.《책도둑》으로 유명한 마커스 주삭 역시 작품에 애정 어린 조언을 한 많은 사람들에게 감사의 글을 남기고 있다. 당나라 시인 가도와 문인 한유의 아름다운 이야기가 서려 있는 퇴고의 고사도 마찬가지다.

린다 플라워는 글쓰기의 계획 단계부터 이런 협업이 필요하다고 강조한다. 글쓰기의 계획이나 초고를 다른 사람과 함께 검토하고 상의하는 과정에서 아이디어를 발전시키거나 계획을 바람직하게 수정할 수 있다. 사실 글쓰기에서의 협력은 계획 단계는 물론이고 전 과정에서 일어난다. 글쓰기의 방향을 설정하는 일에서부터 자료를 수집하고 정리하는 일, 주제를 확정하고 개요를 만들고 실제로 써나가는 과정에서도 우리는 다른 사람의 의견을 반영하며 글을 쓴다. 어떤 때는 글의 모티브를 다른 사람에게 제공받으며, 아예 공동으로 집필하기도 한다.

글쓰기는 이처럼 협업의 산물이다. 혼자 하는 글쓰기는 여러 가지로 한계가 많다. 매 단계마다 마주치는 곤란한 문제를 스스로 해결해야 하고, 자기 글의 결함을 객관적으로 파악하기 어렵기 때문이다. 심한 경우에는 글을 처음부터 다시 써야 하는 난관에 봉착하기도 한다. 그러므로 일상적인 글쓰기에서도 되도록 글쓰기를 개방하고 다른 사람들에게 도움을 받아야 한다. 이것을 습관으로 만들어야 한다. 그럼 훨씬 쉽게 글을 쓸 수 있다.

가까운 곳에서 좋은 독자를 구하자

글쓰기는 동굴 안에서 밖으로 나가는 일과 같다. 사람들은 흔히 자기 글을 남에게 잘 보이려고 하지 않는다. 글에 담긴 자기 생각을 내보이는 것을 부끄러워하고, 글이 서툴면 어쩌나 걱정한다. 그렇지만 어느 시점에서는 또 보여주고 싶은 마음이 생긴다. 시간이 지나면서 인정욕구가 생기는 것이다. 그런데 칭찬을 받으면 좋지만 비판을 받으면 기분이 나쁘다. 더구나 고생해서 쓴 글이 혹독한 비판을 받으면 아예 글쓰기를 그만두거나 혼자만의 글쓰기로 물러선다. 자기 글이 비판의 대상이 되는 일은 잘 썼건 못 썼건 괴롭다. 하지만 이는 글쓰기에서 어쩔 수 없이 겪어야 하는 통과의례와 같은 것이다. 사람은 자기 생각을 영원히 마음에만 담아두고 살지 못한다. 언젠가는 밖으로 꺼내놓아야 한다.

세상에는 좋은 글이 셀 수 없을 만큼 많다. 그 많은 글들 속에서 내 글을 읽어준다는 것은 그 사람이 소중한 시간과 정력을 기울여 관심을 표현한 것이다. 비평까지 했다면 보통의 정성을 쏟은 것이 아니다. 일상에서 이런 독자가 있는 사람은 행복하다. 만일 주변에 그런 독자가 없다면 열심히 광고해서 구해야 한다. 자기 글이 안고 있는 결함을 있는 그대로 말해줄 수 있는 사람이 곁에 있을 때 글쓰기가 발전한다.

가까운 곳에 있는 좋은 독자는 누구를 말하는가?

다음은 제레미 리프킨이 쓴《육식의 종말》의 맨 앞에 실려 있는 '감사의 말'을 발췌한 글이다.

> (…) 우선 이 책의 조사 관리자인 에릭 젠슨에게 심심한 감사를 드리고 싶다. 원고를 준비하면서 소와 쇠고기 산업에 대한 그의 해박한 지식은 더없이 값진 것이었다. 또한 여러 가지를 조사하고 준비하는 데 도움을 준 애나 애윔보, 루스 밴더-루그트, 클라라 맥, 캐롤린 베넷, 베울라 베시아, 헬렌 매티스, 제니퍼 벡과 다른 여러 분들에게도 깊은 감사를 드린다. (…) 마지막으로 쟁점과 관심 분야들에 대한 이해에 도움을 준 나의 아내 캐롤 그룬월드 리프킨에게 감사한다. 본문에 반영되어 있는 개념들은 대부분 지난 수년 동안 소와 쇠고기에 대해 캐롤과 끊임없는 대화를 나눈 결과이다. (…) 그녀의 깊이 있는 지식과 감수성은 내 자신의 사고를 형성하는 데 크나큰 도움이 되었다. 이 모든 과정에 도움을 아끼지 않은 그녀에게 다시 한 번 감사의 마음을 전한다.
>
> — 제레미 리프킨, 신현승 옮김,《육식의 종말》, 시공사, 2002, 5쪽.

《육식의 종말》은 소고기 생산에 뿌리박고 있는 비위생적이며, 반생명적이고, 반생태적인 산업의 생리와 그와 연관된 음식 문화가 어떻게 빈곤과 환경 훼손을 유발하는지를 폭로한다. 이 글을 보면 제레미 리프킨이 책 작업을 어떤 도움 속에서 했는지를 잘 알 수 있다. 그는 연구를 하면서 많은 사람들의 도움을 받았고, 특히 그의 아내 캐롤이 지대한 영향을 미쳤음을 고백하고 감사해 한다. 이들처럼 글쓴이와 함께 글쓰기 과정에 참여하고 도움을 주는 사람이 바로 가까운 곳에 있는 좋은 독자다.

글 쓴다고 기적이 일어나는 건 아니죠.
하지만 정말 많은 변화가 생긴답니다.

22장

깊이 있는 일상을 위해

글쓰기는 몸과 마음, 영혼 사이에 매몰되어 있는
연결고리를 재생하는 일이다.
따라서 당신은 반드시 이것을 기억해야 한다.
— 셰퍼드 코미나스

글쓰기는 우리 삶에 깊이를 더한다

《치유의 글쓰기》를 쓴 셰퍼드 코미나스는 암병동 등에서 글쓰기가 인생을 어떻게 변화시키는지를 강연하는 사람이다. 그는 만성적인 편두통에 시달리다 의사의 권유로 일기를 쓰기 시작했다. 처음에는 반신반의했지만 일기를 쓰면서 비로소 고통에서 해방되었다. 고통과 혼란을 일기로 풀어냄으로써 삶의 균형을 회복한 것이다. 코미나스뿐 아니라 많은 사람들이 이런 이유로 일기를 쓴다. 일기를 쓰면서 하루를 돌아보며 내적인 평화를 얻는다. 누구에게도 이야기할 수 없는 속마음을 스스로에게 털어놓으며 힘들고 어려운 삶의 길을 조금씩 풀어가는 것이다.

글쓰기와 일상이 맺는 관계는 복합적이다. 일상은 글쓰기에 글감을 제공하고 주제 선택에 도움을 준다. 글쓰기에 필요한 실천적인 장을 제공한다. 그렇지만 가장 중요한 관계는 글쓰기가 우리 삶을 보다 충만하고 깊이 있게 해준다는 데 있다.

글쓰기는 내적인 균형을 회복하는 일이다

《글쓰기의 최전선》의 저자 은유는 글쓰기를 통해 삶의 구비를 헤쳐나갔다고 고백한다. 그는 두 아이의 엄마, 아내, 며느리, 딸로 살면서 일도 해야 하고, 자신이 좋아하는 책, 영화, 음악과 데이트를 즐기고 싶은 욕망을 지닌 존재로 살면서 가족과 겪는 소통 부재로 어려움을 겪었다. 도대체 어떻게 해야 더불어 살 수 있을까, 내 판단이 옳은가를 두고 고민하고, 회의하고, 막막해 했다. 그럴 때마다 그는 글을 쓰면서 자신을 다스렸다. 그러다 글쓰기가 삶의 문제를 회피하는 것이 아니라 의미를 부여하는 작업임을 깨달았다고 한다.

> 삶이 굳고 말이 엉킬 때마다 글을 썼다. 막힌 삶을 글로 뚫으려고 애썼다. 스피노자의 말대로 외적 원인에 휘말리고 동요할 때, 글을 쓰고 있으면 물살이 잔잔해졌고 사고가 말랑해졌다. 글을 쓴다고 문제가 해결되거나 불행한 상황이 뚝딱 바뀌는 것은 아니었지만 한 줄 한 줄 풀어내면서 내 생각의 꼬이는 부분이 어

디인지, 불행하다면 왜 불행한지, 적어도 그 이유는 파악할 수 있었다. 그것만으로도 후련했다. 낱말 하나, 문장 한 줄 붙들고 씨름할수록 생각이 선명해지고 다른 생각으로 확장되는 즐거움이 컸다. 또한 크고 작은 일상의 사건들을 글로 푹푹 삶아내면서 삶의 일부로 감쌀 수 있었다. 어렴풋이 알아갔다. 글을 쓴다는 것은 고통이 견딜 만한 고통이 될 때까지 붙잡고 늘어지는 일임을. 혼란스러운 현실에 질서를 부여하는 작업이지, 덮어두거나 제거하는 일이 아님을 말이다.

— 은유, 《글쓰기의 최전선》, 메멘토, 2016, 9쪽.

글쓰기는 무엇을 대상으로 하든 자기 내면을 풀어내는 작업이다. 기사를 작성하는 일도 마찬가지다. 사람은 이처럼 무엇인가를 풀어내지 않으면 견디기 어려운 존재다. 일상에서 꾸준하게 실천하는 글쓰기는 정신의 긴장을 늦추고 다시 일상을 이어갈 수 있는 힘을 준다. 그래서 많은 사람들이 감옥에서, 수용소에서, 밀폐된 다락방에서 글을 쓰면서 삶을 지탱할 수 있었던 것이다.

차분하게 자기 삶을 음미하자

일상에서의 글쓰기는 이처럼 의사소통이나 기록의 역할을 넘어서 글이 지닌 또 다른 힘, 즉 표현하는 힘을 발휘하게 한다. 인간은 누구나 표현하고 싶은 욕망을 지닌다. 하지만 표현하고 싶은 욕망이 삶의 힘겨움하고만 연관 있는 것은 아니다. 표현을 통해 자신을 드러내고, 자기다움을 느끼고 싶어 하는 사람들 역시 일상적인 글쓰기를 하면서 욕망을 충족시킨다. 블로그나 페이스북 같은 인터넷 공간에는 사진이나 동영상과 함께 이런 글이 수없이 올라온다.

그렇지만 일상적 삶에 깊이를 더하는 글은 생활에서 느끼는 감정을 차분하게 음미하는 글이다. 이러한 사색적인 글쓰기는 무감각하기 쉬운 일상에 활기를 불어넣는다. 우리의 일상이 늘 큰 사건으로 점철되어 있는 것은 아니다. 그러나 간혹 감당하기 어려운 사건에 부딪히곤 한다. 그럴 때 우리의 내면은 심하게 요동친다. 신경이 예민해지고 우울해진다. 대개는 시간이 흐르면서 가라앉지만 어떤 것은 좀처럼 수그러들지 않는다. 이때 사색적인 글쓰기가 삶을 헤쳐나가는 한 줄기 빛이 될 수 있다.

일상의 상념을 담은 글 한 토막

(…) 적응과 부적응은 숙명의 문제이다. 내리는 봄비 속을 걸어가는 두 사람에게는 선택의 여지가 없다. 서로 손을 놓을 수도 없는, 다른 길도 보이지 않는 두 사람을 묶어주고 있는 것은 오직 공포이다. 과거가 소멸되는 두려움이다. 과거에 놓여 있는 삶이 갖는 두려움이다. 앞으로 나아가지 않고 끈질기게 되돌아가는 기억의 쳇바퀴는 늘 고장 난 시계처럼 갈림길에 놓여 있다. 죽은 자들의 보행 연습이 그들에게 남겨진 유일한 걷는 이유이다. 세계는 더 이상 살아있는 기호로 손짓하지 못한다. 세계는 미끄러져 가며 연속적으로 의미의 파노라마를 만드는 것이 아니다. 세계는 멈춰 서 있고, 그들은 앞으로 나아가는 것이다.

우리가 이 행진 대열 속에 있다는 것은 의심할 여지가 없다. 문제는 선택 자체가 아니라 선택을 준비할 시간이 없다는 데 있다. 우리 마음속의 리듬은 현실이 만들어내는 리듬과 공명을 이루지 못한다. 깨어 있으라는 말은 우리를 미치게 할 뿐이다. 깨어 있기 때문에 시간은 내면에서 더디 흘러간다. 천천히 나무늘보처럼 우리는 물살을 헤치고 건너편 물가로 헤엄쳐 간다. 백로가 경이로움의 대상으로 보일 때는 바로 이때이다. 마치 자신의 시간을 끌고 날아오르는 것 같은 환영을 우리에게 보여주기 때문이다. 백로는 수 천 년의 역사를 건너뛰어 우리의 기억을 일깨운다. 날개의 곡선과 날갯짓의 부드러움은 이제 너무 낯설게 보일 지경이다.

우리는 출발점으로부터 너무 멀리까지 나아온 결과에 대해서, 그것이 만들어낸 비극에 대해서 거의 포기하는 문명을 이룩해 왔다. 인간이 가능성의 존재라는 말은 과거가 소멸되는 데서 오는 것 이상의 두려움을 불러일으킨다. 인간은 가능성의 존재이기 때문에 스스로 배반당할 운명적인 존재인 것이다. 그것은 노년의 비참함을 설명하기에 충분한 말이다. 적어도 우리 시대에서는 인간만이 지니는 특질이 잘 구현되는 것을 우리는 목격한다. 우리는 모든 것을 해체한다. 글자 그대로 해체한다. 우리의 몸과 몸이 놓여 있는 자리를 해체하고, 해체가 너무 빠른 속도로 진행되기 때문에 모든 것이 파괴된다. 우리에게 남겨진 것은 오로지 관념이다. 인간은 생각하는 동물이다. 인간은 생각을 위해 현실을 해체하고 파괴한다.

— 안광국, 〈도시의 하늘을 떠도는 백로 한 마리의 애수〉에서

참고 문헌

ㄱ

《간디자서전》, 마하트마 간디, 함석헌 옮김, 한길사, 1999

《감옥으로부터의 사색》, 신영복, 돌베개, 2006

《강아지똥》, 권정생 글, 정승각 그림, 길벗어린이, 1996

《거장처럼 써라》, 윌리엄 케인, 김민수 옮김, 이론과실천, 2013

《걸리버여행기》, 조나단 스위프트, 신현철 옮김, 문학수첩, 2001

《경청의 힘》, 래리 바커·키티 왓슨, 윤정숙 옮김, 이아소, 2013

《공감》, 박성희, 이너북스, 2009

《공자의 생애와 사상》, 김학주, 명문당, 2003

《그렇다면 도로 눈을 감고 가시오》, 박지원, 김혈조 옮김, 학고재, 2004

《글쓰기 어떻게 가르칠까》, 이오덕, 보리, 2013

《글쓰기 동서대전》, 한정주, 김영사, 2016

《글쓰기의 문제해결 전략》, 린다 플라워, 원진숙·황정현 옮김, 동문선, 1998

《글쓰기의 전략》, 정희모·이재성, 들녘, 2005

《글쓰기의 최전선》, 은유, 메멘토, 2016

ㄴ

《나는 대한민국의 행복한 교사다》, 이영미, 도토리창고, 2015

《나의 아버지 박지원》, 박종채, 박희병 옮김, 돌베개, 1998

《나는 우는 것들을 사랑합니다》, 임길택, 보리, 2004

《네 멋대로 써라》, 데릭 젠슨, 김정훈 옮김, 삼인, 2009

《논어집주》, 주희, 박헌순 역주, 한길, 2008

《니코마코스 윤리학》, 아리스토텔레스, 천병희 옮김, 숲, 2013

《누가 내 치즈를 옮겼을까?》, 스펜서 존슨, 이영진 옮김, 진명출판사, 2006

ㄷ

《당나귀는 당나귀답게》, 아지즈 네신, 이난아 옮김, 푸른숲주니어, 2005

《당신의 미술관》, 수잔나 파르취, 홍진경 옮김, 현암사, 1999

《독서 이해와 글쓰기》, 김영채, 교육과학사, 2011

ㄹ

《리더의 조건》, 존 맥스웰, 전형철 옮김, 비즈니스북스, 2014

ㅁ

《모비딕》, 허먼 멜빌, 강수정 옮김, 열린책들, 2014

《무소유》, 법정, 범우사, 2001

《문장강화》, 이태준, 창작과비평사, 1988

ㅂ

《법구경〈희말라야의 지혜〉》, 라드하크슈난, 서경수 옮김, 홍법원, 1977

《베를린의 어린시절》, 발터 벤야민, 조형준 옮김, 새물결, 2007

《빈센트, 빈센트, 빈센트 반 고흐》, 어빙 스톤, 최승자 옮김, 까치, 1987

《불타 석가모니》, 와다나베 쇼오꼬, 법정 옮김, 지식산업사, 1988

《뼛속까지 내려가서 써라》, 나탈리 골드버그, 권진욱 옮김, 한문화, 2013

ㅅ

《사기》, 사마천, 정범진 외 옮김, 까치, 1994

〈사마천의 생애와 작품연구〉, 조윤희, 성균관대학교 석사논문, 2007

《삶의 길 흰구름의 길》, 오쇼 라즈니쉬, 류시화 옮김, 청아, 2016

《서양미술사》, H.W. 잰슨, 이일 편역, 미진사, 1987

《서울대 임홍빈 교수의 한국어 사전》, 임홍빈, 시사에듀케이션, 1999

《세상을 보는 지혜》, 발타자르 그라시안, 두행숙 옮김, 둥지, 1993

《소유냐 존재냐》, 에리히 프롬, 차경아 옮김, 까치, 1996
《쇼펜하우어 문장론》, 아르투르 쇼펜하우어, 김욱 옮김, 지훈, 2016
《신과 인간의 비극》, 도스토옙스키, 이종진 옮김, 문학세계, 1982
《18세기 지식인의 생각과 글쓰기 전략》, 박수밀, 태학, 2007
《슬견설》, 이규보, 장덕순 옮김, 범우사, 1995

ㅇ

《연암 박지원의 글 짓는 법》, 박수밀, 돌베개, 2013
《연암집》, 박지원, 신호열·김명호 옮김, 돌베개, 2007
《연을 쫓는 아이》, 할레드 호세이니, 이미선 옮김, 열림원, 2009
《오래된 미래 — 라다크로부터 배운다》, 헬레나 노르베리 호지, 김종철 옮김, 녹색평론, 2002
《오직 독서뿐》, 정민, 김영사, 2013
《완득이》, 김려령, 창비, 2014
《왜 책을 읽는가》, 샤를 단치, 임명주 옮김, 이루, 2013
《우리말의 속살》, 천소영, 창해, 2000
《육식의 종말》, 제레미 리프킨, 신현승 옮김, 시공사, 2002
《월든》, 헨리 데이비드 소로우, 강승영 옮김, 은행나무, 2015
《인간과 말》, 막스 피카르트, 배수아 옮김, 봄날의책, 2016
《인공지능은 뇌를 닮아 가는가》, 유신, 컬처북, 2015
《인상주의》, 모리스 세륄라즈, 최민 옮김, 열화당, 1993

ㅈ

《자아를 잃어버린 현대인》, 롤로 메이, 백상창 옮김, 문예, 1996
《장자》, 안동림 역주, 현암사, 2004,
《재미나는 우리말 도사리》, 장승욱, 하늘연못, 2002
《젊은 시인에게 보내는 편지》, 라이너 마리아 릴케, 홍경호 옮김, 범우사, 1984

ㅊ

《창문 넘어 도망친 100세 노인》, 요나스 요나손, 임호경 옮김, 열린책들, 2014
《책 먹는 여우》, 프란치스카 비어만, 김경연 옮김, 주니어김영사, 2016
《책도둑》, 마커스 주삭, 정영목 옮김, 문학동네, 2008
《청소년을 위한 사기》, 사마천, 소준섭 엮음, 서해문집, 2015
《치유의 글쓰기》, 셰퍼드 코미나스, 임옥희 옮김, 홍익, 2008

ㅌ

《틱낫한의 평화로움》, 틱낫한, 류시화 옮김, 열림원, 2002

ㅍ

《파브르 곤충기》, 오쿠모토 다이사부로 엮음, 이종은 옮김, 고려원미디어, 1999
《파우스트》, 요한 볼프강 폰 괴테, 김양순 옮김, 일신서적, 1989
《팡세》, 블레즈 파스칼, 홍순민 옮김, 삼성출판사, 1982

ㅎ

《하버드 글쓰기 강의》, 바버라 베이그, 박병화 옮김, 에쎄, 2011
《한승원의 글쓰기 비법 108가지》, 한승원, 푸르메, 2012
《한국대표수필선집》, 구인환 외, 예술문화, 1993
《한국소설문학대계》, 동아, 1996
《한국회화사》, 안휘준, 일지사, 1993
《힘 있는 글쓰기》, 피터 엘보, 김우열 옮김, 토트, 2014